GUIDE MÉDICAL DES MALADES

A L'ÉTABLISSEMENT THERMAL

D'ENGHIEN

GUIDE MÉDICAL
DES MALADES
A L'ÉTABLISSEMENT THERMAL
D'ENGHIEN

PAR

LE Dr GILLEBERT-DHERCOURT

DIRECTEUR DE L'ÉTABLISSEMENT HYDROTHÉRAPIQUE
ET MÉDECIN CONSULTANT AUX EAUX D'ENGHIEN.

VICHY

IMPRIMERIE WALLON

1873

AVANT-PROPOS.

Souvent nous avons entendu les hôtes d'Enghien exprimer le regret de ne pas y trouver un livre, à l'aide duquel ils pussent se renseigner sur tout ce qui est relatif au traitement qui leur est prescrit et aux eaux qui en font la base.

En toute circonstance en effet, on aime à se rendre compte de ce que l'on fait. Quand on connait l'importance d'un acte, on exécute celui-ci plus strictement et avec plus d'entrain. On suit toujours d'autant plus exactement un conseil qu'on a pu mieux apprécier la valeur des motifs qui l'ont dicté.

Le regret dont il est question, nous a paru d'autant plus fondé, qu'il se rattache à l'un des intérêts les plus chers à l'homme, celui de sa santé. C'est afin de combler cette lacune que nous avons entrepris d'écrire le *Guide méd.cal* que nous offrons aujourd'hui au public. Si nous l'avons qualifié de *médical,* ce n'est pas pour donner à croire qu'il peut dispenser de recourir aux avis du médecin : c'est pour indiquer qu'il traite exclusivement de questions médicales. Cependant nous nous empressons de déclarer que nous nous sommes borné à celles que l'on n'a pas toujours l'occasion d'adresser aux médecins, et qui, quoique d'une importance secondaire, ne doivent pas moins être connues des malades.

En composant ce guide, nous nous sommes proposé un double but : 1° éclairer nos lecteurs sur la nature et les qualités de l'eau minérale d'Enghien ; sur les aménagements intérieurs de l'Etablissement thermal ; sur le genre de maladies que l'usage de cette eau peut améliorer ou guérir ; sur les diverses applications qu'on en fait, et sur les règles et les précautions qui doivent être observées durant celles-ci ; 2° rendre notre langage aussi peu technique que possible, afin de le mettre à la portée de tout le monde.

Puissions-nous avoir réussi à nous rendre utile. C'est le vœu que nous formons.

GILLEBERT DHERCOURT,

D. M. P.

Enghien, le 1er Avril 1873.

DES EAUX SULFURÉES EN GÉNÉRAL

Nous pensons être agréable au lecteur en exposant ici quelques généralités sur les eaux minérales sulfurées, avant de parler de celle d'Enghien.

Autrefois on désignait sous le nom d'*Eaux sulfureuses* toutes celles qui répandent une odeur plus ou moins prononcée d'œufs pourris. Aujourd'hui on a remplacé cette dénomination par celle d'*eaux sulfurées*, qui est plus conforme aux connaissances chimiques actuelles ; et, suivant que ces eaux ont pour base la *soude* ou la *chaux*, on les appelle *sulfurées sodiques* ou *sulfurées calciques*.

Or, il arrive que le principe de sulfuration varie en elles autant que la nature de leur base, c'est-à-dire de l'élément alcalin ou terreux qu'elles renferment. Ainsi, tout en ayant un composé sulfureux pour radical, les unes doivent leur sulfuration à un sulfure, les

autres à un hyposulfite, d'autres enfin à l'hydrogène sulfuré, ou gaz acide sulfhydrique,
non combiné.

Il existe encore entre ces eaux d'autres
différences; par exemple, les *sulfurées sodiques* sont chaudes ou tempérées; les *sulfurées
calciques* sont froides ou presque froides. On
suppose que cela vient de ce que les premières
se minéralisent à de grandes profondeurs
dans les terrains primitifs, et de ce que les
secondes se forment dans les terrains de transition ou les terrains crétacés, beaucoup plus
superficiels que les premiers. C'est pourquoi
certains auteurs les ont distinguées en eaux
sulfurées primitives et en eaux *sulfurées
secondaires.* M. Fontan supposant, avec
d'autres chimistes, que les eaux sulfurées sodiques se sulfurent d'emblée, pendant leur
passage à travers les terrains primitifs, en
dissolvant le sulfure de sodium qu'elles y
rencontrent, propose de les appeler eaux *sulfurées naturelles;* d'un autre côté, le même
auteur, admettant que les sulfurées calciques
ne deviennent sulfureuses que par la réaction
des matières organiques sur le sulfate de
chaux qu'elles renferment et qui se trouve alors
transformé en sulfure de calcium, propose
de les appeler eaux *sulfurées accidentelles.*

Caractères. En général, les eaux *sulfurées sodiques* ne répandent l'odeur d'œufs pourris, que lorsqu'elles ont subi le contact de l'air ; les *sulfurées calciques*, au contraire, laissent toujours exhaler cette odeur qui est caractéristique de la présence de l'acide sulfhydrique libre, c'est-à-dire non combiné.

Observées à la source, les unes et les autres sont claires et transparentes ; mais aussitôt que par leur contact plus ou moins prolongé avec l'air atmosphérique, elles ont absorbé de l'oxygène, la plupart se troublent et deviennent blanchâtres ; d'autres, sans se troubler, prennent une teinte verdâtre et se recouvrent d'une légère pellicule irisée. Dans l'un et dans l'autre cas, il s'opère une modification du principe sulfurant ; dans le premier, il se fait un dépot de soufre, ce qui diminue forcément le degré de sulfuration de l'eau ; dans le second, il y a formation d'un polysulfure, circonstance à peu près indifférente au même point de vue.

L'influence de la lumière solaire produit sur elles des effets à peu près analogues.

La saveur des eaux sulfurées est généralement fade ou douceâtre, à moins qu'elles ne contiennent aussi des chlorures, quelquefois elle est amère. Certaines eaux sulfurées calciques ont une saveur fraîche, qu'elles doivent à la présence soit de l'acide carbonique libre, soit des bicarbonates.

Leur densité est faible et se rapproche beaucoup de celle de l'eau distillée ; de toutes les eaux sulfurées, les sulfurées sodiques sont les moins denses. En effet, toutes choses égales d'ailleurs, disent les auteurs du *Dictionnaire général des Eaux minérales*, les eaux *sulfurées calciques*, sont plus riches en principes minéralisateurs que les eaux *sulfurées sodiques*.

Au reste, voici, d'après les mêmes auteurs, comment les eaux sulfurées se comportent avec les réactifs ordinaires de la chimie.

« *Le papier bleu de tournesol* ne subit pas de changement de couleur dans les eaux sulfurées sodiques, mais dans les eaux sulfurées calciques il est quelquefois rougi par suite de la présence de l'acide sulfhydrique libre ou des bicarbonates.

« *Le papier rouge de tournesol* est souvent ramené au bleu dans les eaux sulfurées sodiques, celles-ci contenant du monosulfure de sodium qui possède une réaction alcaline.

« Le papier d'acétate de plomb, les solutions de plomb, d'argent, d'or, de platine et de cuivre produisent avec toutes les eaux sulfurées des colorations et des précipités noirs de sulfure. Avec les sels de zinc et de manganèse, les précipités qui se produisent sont blancs ou blancs rosés, mais seulement si le principe sulfuré est tout entier à l'état de monosulfure, avec les eaux chargées d'acide sulfhydrique la réaction est nulle.

« Le *tannin* et les *cyanures rouge et jaune de potassium et de fer* ne donnent généralement lieu à aucun précipité, les eaux sulfurées étant peu riches en sels de fer.

« L'acide oxalique a une action peu appréciable avec les eaux sulfurées sodiques. Avec les eaux sulfurées calciques, au contraire, il se forme toujours un dépôt d'oxalate de chaux.

« L'acide arsénieux, dans les eaux à base de sulfure de sodium et de sulfure de calcium ou d'acide sulfhydrique, ne détermine une coloration et un précipité que dans celles qui sont notablement sulfurées. Mais on rend la réaction plus évidente en ajoutant au mélange quelques gouttes d'acide chlorhydrique.

« Avec le chlorure de baryum, le précipité de sulfate de baryte, peu apparent dans les eaux sulfurées sodiques, est au contraire très-notable dans les eaux sulfurées calciques.

(*Dictionnaire général des eaux minérales,* article *Eaux sulfurées.*)

Autrefois la détermination de la proportion du principe sulfuré, contenu dans une eau minérale, se faisait par différents procédés analytiques qui avaient pour éléments l'acétate de plomb, le sulfate de cuivre, l'azotate d'argent ammoniacal, l'acide arsénieux, etc.; les inconvénients justement reprochés à ces méthodes ont conduit le professeur Dupasquier, de Lyon, à en proposer un autre plus expéditif et moins infidèle, et qui a pour base la réaction de l'iode sur les sulfures et sur l'acide sulfhydrique. Dans cette circonstance, chaque équivalent d'iode déplace un équivalent de soufre. Quand l'eau renferme de l'acide sulfhydrique libre il se produit de l'acide iodhydrique; quand elle renferme un sulfure il se forme un iodure correspondant à la base.

On opère de la manière suivante : On prend, par exemple, un quart de litre (250 grammes) d'eau minérale, on y ajoute une cuillerée de solution d'amidon, et, après avoir opéré le mélange à l'aide d'un agitateur, on y verse lentement, et goutte à goutte, une solution titrée d'iode, renfermée dans un tube gradué, dont chaque degré renferme un centigramme d'iode.

« Tant qu'il restera des traces du principe « sulfureux non encore décomposé par l'iode,

« dit Dupasquier, la liqueur ne bleuira pas,
« ou bien l'apparition de la couleur bleue,
« dans quelques points, ne sera qu'instan-
« tanée : mais cette couleur apparaîtra subi-
« tement dans la masse liquide, aussitôt qu'il
« y aura une seule goutte de teinture d'iode
« en excès...

« On examinera alors combien de liqueur
« d'épreuve aura été employée, ce qui don-
« nera la quantité d'iode et secondairement,
« par le calcul, celle du soufre, qui était com-
« biné à l'état de sulfure, de sulfhydrate ou
« d'acide sulfhydrique libre.

« Une eau minérale doit être réputée très-
« riche en principes sulfureux, dit le même
« auteur, quand on emploie, pour un litre,
« 25° de teinture ou 25 centigrammes d'iode,
« pour précipiter ce qu'elle contient de soufre
« combiné à l'état de sulfure, de sulfhydrate
« ou d'acide sulfhydrique. »

(Dupasquier. — *Mémoire sur la construction et l'emploi du sulfhydromètre,* etc., pages 17 et suiv.)

Notons que toute eau minérale qui neutra-
lise, par litre, 25 centigrammes d'iode, contient, pour la même quantité d'eau, 31 milligrammes de soufre ou près de 22 centimètres
cubes d'acide sulfhydrique (21^{cc}858).

On a objecté, contre la méthode analytique

de Dupasquier, la facile décomposition de la
teinture d'iode, et la formation d'acide iodhydrique. Mais cet habile chimiste a démontré
par des expériences que cette réaction était
lente, et qu'avec une teinture récemment pré-
parée on obviait sûrement à cet inconvénient.
Néanmoins, M. le professeur Filhol a proposé une autre formule pour la liqueur
d'essai, qui paraît être aujourd'hui généralement adoptée.

La liqueur Dupasquier se prépare en faisant dissoudre 2 grammes d'iode dans un
décilitre d'alcool : celle de M. Filhol est ainsi
formulée :

> Iode pur fondu................. 10 **gr.**
> Iodure de potassium bien neutre.. 12 5
> Eau distillée....................   Quantité
>   suffisante pour obtenir un litre de liquide
>   à la température de $+$ 15° c.

Cette liqueur est moitié moins forte que
celle de Dupasquier, par conséquent il faut
en employer le double pour neutraliser la
même quantité de l'élément sulfuré. En effet,
un demi-centimètre cube ou un degré sulfurométrique de la solution alcoolique de Dupasquier contient un centigramme d'iode,
tandis que la même quantité de la solution

aqueuse de Filhol ne contient qu'un demi-centigramme ou cinq milligrammes d'iode.

La formule du professeur Filhol paraît préférée aujourd'hui à celle du professeur Dupasquier, par les chimistes qui, comme Réveil, aiment à employer, pour ces sortes d'analyses, des solutions d'iode étendues.

Les sources sulfureuses des Pyrénées appartiennent au groupe des eaux sulfurées sodiques; celles d'Enghien sont des eaux sulfurées calciques.

Au point de vue thérapeutique, la différence entre elles est-elle grande ? En réponse à cette question, nous dirons, avec les auteurs du *Dictionnaire général des eaux minérales,* « qu'elles soient à base de soude ou de chaux, « froides ou thermales, leurs propriétés physiologiques appréciables sont partout assez « semblables. — Ces eaux minérales contien-« nent une seule et même médication, dont « les différences dépendent à peu près uni-« quement *des circonstances particulières* « *de localité et des modes variés d'applica-* « *tion.* »

(L. cit. artic. *phthisie pulmonaire*).

M. le docteur Bazin tient à peu près le même langage : « A part la température des

« eaux et le climat des stations, dit-il, nous
« croyons que l'on est en droit d'attendre les
« mêmes avantages des sources sodiques et
« des sources calciques. »

(Leçons sur le traitement des Maladies chroniques en
général, etc., page 96.)

DE L'EAU SULFURÉE CALCIQUE D'ENGHIEN

Débit en 24 heures. — En 1853, le débit de toutes les sources minérales, alors exploitées à Enghien, n'était que de 81,824 litres par 24 heures. Dix ans plus tard, M. de Montry, alors propriétaire de l'Etablissement thermal, découvrit les sources du *Lac,* des *Roses* et du *Nord,* et acquit le petit Etablissement. Cet accroissement de richesse hydro-minérale, qui a tant contribué à grandir celle du pays, fait qu'aujourd'hui la Société des thermes d'Enghien possède neuf sources d'eau sulfurée, dont le débit est réparti ainsi qu'il suit pour 24 heures :

La source de la Pêcherie.
— du Roi........ réunies
— Deyeux....... donnent } 81,824 litres.
— Bouland......
— Péligot.......

La source du Lac................ 120,000 —
— des Roses............ 141,000 —
— du Nord.............. 230,000 —
— de la Succursale........ 270,000 —

Total général pour 24 heures.. 895,824 litres.

En conséquence, l'Etablissement thermal d'Enghien dispose chaque jour d'une masse d'eau minérale égale à peu près à neuf cents mètres cubes. Quoique cette quantité soit énorme, il n'est pas douteux, vu les conditions géologiques qui président à la formation des sources minérales d'Enghien, qu'il ne soit possible d'accroître encore leur prodigieux débit par de nouvelles fouilles, si les besoins du service l'exigeaient. On peut donc affirmer, sans crainte d'être démenti par les faits que, quel que soit le nombre des buveurs, l'Etablissement thermal ne sera jamais à court d'eau, du moins pour bien longtemps.

Propriétés physiques et chimiques. — Lorsqu'on approche de l'Etablissement thermal, on est frappé tout à coup par la forte odeur d'œufs pourris qui s'en exhale : si l'on pénètre dans l'intérieur, on constate que les objets de cuivre ou d'argent et que les peintures à la céruse, placés dans un voisinage rapproché des sources, ont pris une teinte noire ou brune. On remarquera encore que les ferrures sont fortement rouillées et qu'à la surface des voûtes des sources il existe un dépôt terreux formé de sulfate acide de chaux et d'alumine.

Ce sont les indices certains, d'une part, de la présence de l'acide sulfhydrique, et, d'autre part, de sa transformation en acide sulfurique par l'action de l'air. Néanmoins, si on visite les points d'émergence des sources on n'y remarque pas de dégagement gazeux ; d'où l'on est autorisé à conclure : 1° que le mélange de l'acide sulfhydrique avec l'air atmosphérique s'opère, à la surface des nappes liquides, par diffusion au moyen d'une séparation insensible du gaz sulfhydrique et de l'eau qui le tenait en dissolution ; séparation d'ailleurs sollicitée et accomplie par l'influence de l'air; et 2° que le point d'émergence des sources est éloigné du lieu où s'opère la formation de l'eau sulfurée calcique.

L'eau minérale d'Enghien est limpide et incolore quand elle sort de la roche ; elle conserve très-longtemps ce caractère quand elle est renfermée dans des bouteilles bien bouchées, où elle ne perd rien de ses propriétés. O. Henry en a vu qui, après quatre et cinq ans, contenait toujours autant de soufre. Nous pourrions en dire autant, car nous connaissons de nombreux exemples du même fait.

Sa densité, un peu supérieure à celle de l'eau distillée, n'est pas la même pour toutes

les sources ; elle est, du plus au moins, de
1,00179 à 1,00065.

Sa température oscille entre 10° et 14° centigrades ; d'après Réveil, 12° centigr. est le
chiffre qui représente sa température la plus
ordinaire. Cette absence de thermalité est une
condition avantageuse, car « elle permet, dit
O. Henry, de mettre l'eau en bouteilles à la
sortie des sources ce qui contribue à assurer
sa longue conservation et sa facile expédition
au loin. »

Sa saveur, d'après le même chimiste, présente une légère amertume ; suivant d'autres,
cette saveur est douceâtre, fade et légèrement
alcaline, si en buvant on intercepte le passage
de l'air dans les fosses nasales. Cette précaution peut sans doute empêcher le buveur de
sentir l'odeur qui s'exhale de l'eau ; aussi nous
invitons à la prendre de cette façon, toutes les
personnes qui craignent l'odeur d'œufs pourris ; mais nous ne saurions admettre que cette
précaution exerce quelque influence sur la
saveur de l'eau minérale d'Enghien. Pour
nous, nous croyons avoir constaté que cette
saveur varie suivant le degré de sulfuration
de chaque source. Ainsi la saveur amère est
très-prononcée dans les sources les plus
sulfurées : témoin celle du Lac qui est très-

amère. Dans celles qui sont moins sulfurées, telles que les sources Deyeux et du Roi,
c'est la saveur fraîche qui domine ; celle-ci
est due à l'acide carbonique et à la matière
organique que ces sources renferment, et dont
l'influence n'est plus masquée par l'acide sulfhydrique, qui est chez elles en moindre proportion.

Comme toutes les eaux sulfurées, l'eau
minérale d'Enghien s'altère au contact des
principaux agents cosmiques ; toutefois cette
altération paraît être moins considérable pour
elle que pour beaucoup d'autres eaux sulfurées, comme on le verra plus loin.

Action de la lumière.— A propos de cette
action, il y avait dissidence entre MM. Leconte et J. Lefort. Le premier affirmait que
l'eau des différentes sources d'Enghien n'é-
prouve aucun changement par son exposition
à la lumière solaire, sous la seule condition
de n'avoir pas préalablement subi un com-
mencement d'altération quelconque. M. Lefort
soutenait le contraire. Réveil entreprit de
nouvelles expériences pour résoudre le dif-
férend, et les résultats qu'il obtint, semblaient
donner raison à M. Leconte ; cependant il
paraît qu'ils n'ont pas porté la conviction

2

dans l'esprit de M. J. Lefort. Toutefois, ces distingués chimistes demeurèrent d'accord sur ce point, à savoir : que cette action de la lumière n'est ni si prompte, ni si considérable qu'on ne puisse pas l'empêcher, et que le sûr moyen de le faire est de conserver l'eau minérale à l'abri de la lumière. C'est pourquoi l'administration des thermes d'Enghien fait procéder à l'embouteillage de son eau dans une grotte obscure et dans des flacons en verre bleu ou noir très-foncé.

Action de l'air. — C'est par l'oxigène qu'il contient que l'air agit sur les eaux sulfurées ; son action est rapide. — Il suffit de quelques heures de contact pour que certaines eaux sulfurées se troublent et s'altèrent. L'eau minérale d'Enghien subit en cela la loi commune. Elle se trouble et laisse déposer alors un peu de soufre et des carbonates terreux. Au fur et à mesure que cette exposition à l'air atmosphérique se prolonge, cette altération s'accroît, et l'odeur d'œufs pourris s'affaiblit graduellement, de telle sorte, qu'au bout de 24 ou de 36 heures, elle devient à peu près nulle. Cette altération a pour cause la combinaison de l'oxygène avec les éléments de l'hydrogène sulfuré, d'où résultent de l'eau et de l'acide sulfurique.

Toutefois, la perte de l'acide sulfhydrique n'est pas complète; il a été constaté, à la suite de nombreuses expériences, que le maximum de cette perte, pour des réservoirs non clos, est de 66 à 68 % (Leconte et de Puysaie), pour l'eau d'Enghien.

M. Filhol, faisant des recherches semblables sur les principales sources sulfurées des Pyrénées, a exposé dans le tableau suivant le degré d'altérabilité de chacune d'elles, au contact de l'air.

Stations.	Sources.	Perte sur 100 parties
Eaux chaudes....	Le Rey...........	100
Eaux-Bonnes....	Vieille...........	75
Cauterets........	César...........	85
Barèges........	Grande Douche...	77
Labassère.......	—	69
Luchon	{ Reine...........	75
	{ Pré N° 1.	69
Ax.............	Canons	100

Il résulte donc de la comparaison des chiffres inscrits dans ce tableau avec celui obtenu par MM. Leconte et de Puysaie, que l'eau sulfurée calcique d'Enghien est moins altérée par le contact de l'air que les principales sources des Pyrénées.

Il ne faudrait pas croire que par cette altération les eaux sulfurées perdent toutes leurs vertus curatives.

L'expérience de tous les jours s'élèverait contre une semblable croyance. Elles y perdent seulement une partie de leur activité ; et dans cet état, qui leur a fait donner le nom *d'eaux dégénérées*, elles sont encore utilisées avec succès, dans les Pyrénées, pour le traitement des malades très-impressionnables. Il en serait de même de l'eau sulfurée d'Enghien, si les circonstances voulaient qu'elle subit une altération aussi grande : cas dans lequel, cependant, elle conserverait encore 32 ou 34 °/, de son principe sulfuré et tous ses composés fixes, qui sont importants par le nombre et la qualité.

Action de la chaleur. — Les modifications que l'eau d'Enghien éprouve, lorsqu'elle est chauffée, varient en raison soit de la température à laquelle elle est exposée, soit des conditions dans lesquelles s'opère sa caléfaction. D'après ce qui a été dit plus haut à propos de l'influence de l'air atmosphérique, on comprendra que, quelle que soit l'action altérante du calorique sur l'eau minérale, celle-ci, s'altérera d'autant plus vite qu'à la première action viendra s'ajouter celle de l'air. En effet, si l'on chauffe l'eau sulfurée à l'air libre, on la voit acquérir une teinte vert-émé-

raude, qu'elle perd ensuite en laissant précipiter les carbonates terreux et en dégageant
de l'acide carbonique et de l'hydrogène sulfuré (O. Henry). Mais si au contraire, comme
l'a fait Longchamp, on la chauffe dans des
vases clos hermétiquement, et qui en soient
remplis complètement, sa *température peut-*
être portée jusqu'à 60 et 70° centigrades,
sans qu'elle perde une portion notable de son
hydrogène sulfuré.

M. Leconte a confirmé l'exactitude de ce
fait par des expériences qui ont démontré
que la perte était alors seulement de trois
degrés sulfuro-métriques au maximum.

Nous dirons bientôt comment l'administration des bains, tenant compte de ces expériences, est parvenue à rendre à peu près
nulle l'altération de l'eau minérale employée
pour les bains ou pour les douches; et comment aussi, Réveil, cet habile et consciencieux
chimiste a pu dire : « En résumé, l'eau hydrosulfurée d'Enghien-les-Bains, au moment
de son emploi, est une des plus sulfurées que
l'on connaisse (analyse des sources d'Enghien,
page 19). »

COMPOSITION CHIMIQUE

DE L'EAU SULFURÉE CALCIQUE D'ENGHIEN

On a fait de nombreuses analyses chimiques de l'eau minérale d'Enghien. Les plus importantes sont dues à Fourcroy, à Longchamps, à Ossian Henry, à Leconte et de Puysaie, et à Réveil. Nous avions le projet d'en faire figurer les résultats dans un même tableau ; mais cela nous aurait entraîné trop loin. Nous nous bornerons donc à reproduire ici seulement les résultats des analyses faites par Réveil. Il est vrai que ce chimiste n'a analysé que les trois dernières sources découvertes par M. de Montry. Mais il en est de même des analyses antérieures, qui n'ont eu pour objet, que quelques-unes des sources d'Enghien. Celles de Réveil étant plus récentes et plus étendues, nous leur donnons la préférence.

Avant tout, nous ferons observer que Réveil a pratiqué l'analyse sulfuro-métrique avec la liqueur d'épreuve et suivant la méthode du professeur Filhol, c'est-à-dire qu'il a employé un réactif, moitié moins fort que celui de Dupasquier, et que pour déterminer la véritable proportion de soufre et d'acide sulfhydrique, suivant l'avis de M. Filhol, il a pris le degré sulfurométrique de chaque source au griffon, en opérant : 1° sur l'eau pure; 2° sur l'eau additionnée de chlorure de Baryum, pour enlever les silicates et les carbonates qui auraient absorbé de l'iode; 3° sur l'eau additionnée à la fois de chlorure de Baryum et d'acétate de zinc, dans le but de ne laisser que les hyposulfites tenus en dissolution. En défalquant du second résultat analytique les derniers chiffres obtenus, il avait le titre réel de l'eau sulfurée.

En procédant ainsi, il a trouvé pour titres réels aux sources :

		Acide sulfhydrique	
		en poids	en volume
Du Lac.....	88°,60 correspᵗ à	0,059918 —	38,73257
Des Roses..	72°,20 —	0,048830 —	31,56317
Du Nord ...	69°,40 —	0,046930 —	30,33905

Si l'on voulait comparer les résultats analytiques obtenus par la solution titrée de

Dupasquier, avec ceux que donne la solution du professeur Filhol, il ne faudrait pas oublier que la première, contenant une proportion d'iode double de celle que renferme la seconde, accuse nécessairement, pour une quantité de soufre égale, un degré sulfurométrique moitié moins élevé que celui qui est indiqué par l'autre. Ainsi, si au lieu de la liqueur Filhol, Réveil eût employé celle de Dupasquier, les quantités d'acide sulfhydrique restant les mêmes, il aurait trouvé pour titres réels : à la source du Lac, 44°,3 ; à celle des Roses, 36°,1 ; et à celle du Nord, 34°,7.

Or, le professeur Dupasquier ayant dit : *qu'une eau minérale doit être réputée très-riche en principe sulfureux quand on emploi par litre, 25° de teinture d'iode pour précipiter ce qu'elle contient de soufre*, nous devons conclure de ce qui précède, que l'eau minérale d'Enghien est extraordinairement sulfurée, puisqu'au lieu de 25° de teinture pour précipiter le soufre qu'elle contient, elle en exige 44,3 — 36,1 — ou 34,7 : c'est-à-dire en moyenne 13° de plus que l'eau minérale que le professeur Dupasquier déclarait très-riche en principe sulfureux.

D'après Réveil, l'eau minérale d'Enghien

puisée dans les sources ci-dessous désignées, contient par litre :

	Sources du Lac,	des Roses,	du Nord.
Matière azotée ..	0,1530	— 0,1052	— 0,1588
Résidu fixe	0,7375	— 0,7665	— 0,7182
Azote..........	non dét.	non dét.	non dét.
Ac. sulfhydrique.	0,059918	— 0,048830	— 0,046950
Ac. carbon. libre	0,1463	— 0,1387	— 0,1632
Sulf. de potasse.	0.022367	— 0,013309	— 0,011645
Sulf. de soude...	0,012139	— 0,004809	— 0,003357
Sulf. d'alumine..	0,022026	— 0,014350	— 0,023695
Sulf. de magnés.	0,070500	— 0,072900	— 0,069300
Sulfate de chaux.	0,233527	— 0,313874	— 0,130924
Chlorures alcal..	traces	traces	traees
Silicate de magn.	0,024929	— 0,023200	— 0,029396
Silicate de chaux	0,056132	— 0,052088	— 0,066161
Carbon. de chaux	0,293106	— 0,260644	— 0,337887
Carb. de magn..	0,008549	— 0,010500	— 0,005258
Iod. de sodium..	traces	traces	traces
Arsén. de soude.	,	,	,
Borates........	,	,	.,
Phosphates.....	,	,	,
Fer et mangan..	,	,	,
Lithine........	,	,	,
TOTAUX....	0,743275	— 0,765674	— 0,687617

Nous n'insisterons pas désormais sur l'abondance du principe sulfuré contenu dans les eaux d'Enghien; ce fait nous paraît surabondamment démontré par ce qui précède;

il l'est encore par le langage suivant, tenu par
M. O. Henry, dans son rapport à l'Académie
de Médecine : « La proportion de soufre que
« renferme l'eau d'Enghien dépasse de beau-
« coup la quantité de ce métalloïde contenu
« dans les eaux sulfureuses de la chaîne des
« Pyrénées. »

Mais nous dirons quelques mots à propos
de sa nature et de son origine. Est-ce un sulfure ? Est-ce de l'acide sulfhydrique libre ?
ou bien, est-ce un mélange de ces deux composés ? Quoique cette question intéresse plus
le savant que le malade, nous dirons ce que
nous savons sur ce sujet.

Les premiers chimistes ont attribué la sulfuration de l'eau d'Enghien, les uns, à un
polysulfure, les autres à un monosulfure de
calcium ; O. Henry l'attribua à un mélange
d'hydrosulfate de chaux et de magnésie et
d'acide sulfhydrique, c'est-à-dire, suivant le
langage du jour, à un sulfhydrate de sulfure
de calcium. Les progrès de la science ont
permis à MM. Leconte et Réveil d'affirmer,
après de nombreuses et savantes recherches,
que l'hydrogène sulfuré ou acide sulfhydrique
libre est l'unique agent de sulfuration de
l'eau d'Enghien. Nous partageons complètement cet avis.

Pour expliquer son origine dans l'eau minérale d'Enghien, O. Henry, le premier que nous sachions, a admis que ce fait résulte de la décomposition du sulfate de chaux contenu dans cette eau, par le contact des matières organiques; de là : production d'un sulfure de calcium, qui, après s'être dissous dans l'eau, est *en partie décomposé* par l'acide carbonique libre contenu dans cette même eau, et donne ainsi naissance à de l'acide sulfhydrique. M. Leconte n'accepte pas cette théorie, que d'ailleurs, il reconnaît bien ordonnée. Il pense que le sulfate de chaux présente à la décomposition une résistance plus grande qu'on ne le croit généralement ; il suppose donc que l'eau minérale d'Enghien se forme, soit dans les couches inférieures du terrain parisien, au-dessous du gypse, soit dans les terrains crétacés, où elle rencontre un sulfure de silicium qui se transforme alors en acide silicique et en acide sulfhydrique. M. Leconte fait encore une autre supposition: « peut-être, dit-il, que l'hydrogène sulfuré provient de la décomposition lente et spontanée des substances organiques renfermées dans les innombrables coquilles qui forment les diverses variétés de calcaire....?

Mais les expériences qu'il a faites, comme

les raisonnements sur lesquels il s'appuie pour rejeter la théorie d'O. Henry et pour soutenir ses propres hypothèses, sont repoussées par Réveil, qui oppose aux expériences de M. Leconte un fait observé chaque jour, à savoir que l'eau d'Arcueil, qui contient du sulfate de chaux, additionnée d'une matière organique et renfermée dans une bouteille, contient bientôt des traces évidentes de principe sulfuré. Ce fait prouve que le sulfate de chaux peut être décomposé par une matière organique. Ainsi tombe l'objection faite par M. Leconte à la théorie d'O. Henry. « Pour notre compte, ajoute Réveil, nous croyons que le gaz sulfhydrique des sources d'Enghien est dû, comme dans toutes les eaux analogues, à la transformation des sulfates en sulfures au contact des substances organiques et à la décomposition du sulfure calcique formé par les matières ulmiques acides, si abondantes dans ces eaux. »

Si, laissant maintenant de côté la question du principe de sulfuration qui nous paraît suffisamment élucidée, nous portons notre attention sur les autres composés renfermés dans l'Eau d'Enghien, nous reconnaîtrons avec Réveil que, lors même que cette eau ne serait pas sulfurée, elle n'en serait pas moins digne d'intérêt, en raison tant de la proportion considérable de sels de chaux et de matières organiques que du nombre et de la qualité des autres composés qu'elle renferme. En effet, la somme de ses sels de chaux dépasse, ou égale pour le moins, celle des autres sources similaires ; et, quand à la matière organique azotée, elle y est en proportion si considérable que son poids s'élève à $0^{gr}1530$ dans la source du Lac et à $0^{gr}1588$ dans la source du Nord, tandis qu'ailleurs les chimistes n'en découvrent que des traces ou des quantités très-faibles ; par exemple, à Barèges, $0^{gr}0300$; aux eaux Bonnes, $0^{gr}0480$; à Pierrefonds, $0^{gr}0500$. En sus des effets thérapeutiques auxquels elle peut donner naissance, Réveil attribue à cette matière organique azotée un rôle considérable.

« Les sources d'Enghien, dit-il, se font remarquer par l'abondance de cette matière, par les caractères particuliers qu'elle possède ; nous croyons, en effet, qu'une portion est combinée au fer et au manganèse, et que celle qui est libre, après avoir aidé à la formation du principe sulfuré, contribue, en raison de ses propriétés acides, à rendre à celle qui est combinée sa liberté. Si l'on prépare artificiel-lement une solution aqueuse de gaz acide

sulfhydrique marquant un degré sulfurométrique égal à celui des eaux d'Enghien, elle
présentera une saveur âcre, désagréable, et
elle se détruira rapidement. C'est aux *matières organiques qu'il faut attribuer, à
notre avis, la stabilité relative des eaux
d'Enghien et leur saveur fraîche et agréable
à laquelle on s'habitue facilement.* » Par
conséquent, la matière organique azotée qu'elle
renferme concourt à la sulfuration et à la conservation de l'eau minérale d'Enghien.

En ce qui concerne les autres composés
tenus en dissolution dans l'eau d'Enghien,
nous ferons remarquer que le nombre en est
plus grand dans les analyses de Réveil que
dans celles de ses devanciers. En effet, c'est
cet habile chimiste qui y constata le premier
la présence de l'iode, du phosphore, de l'arsenic, du manganèse, de l'acide borique et de
la lithine. Est-ce à dire que ces divers corps
n'existent pas dans les anciennes sources qui
n'ont pas été analysées par Réveil? Nullement.
Car, avant que Thénard annonçât qu'il avait
trouvé de l'arsenic dans les eaux du Mont-
Dore et de Vichy, personne ne songeait à
rechercher ce corps en analysant les sources
minérales; ce ne fut qu'après la découverte
de cet illustre maître que les chimistes s'appli-

quèrent à cette recherche (1). Les progrès de
la science, l'invention de nouveaux instruments et leur application aux études chimiques perfectionnèrent les procédés d'analyse
et donnèrent ainsi lieu à de nouvelles découvertes. C'est à l'aide de ces perfectionnements
que Réveil parvint à démontrer dans l'eau
minérale d'Enghien l'existence des corps que
nous avons cités. Si ce fait n'avait pas été
constaté avant lui, c'est tout simplement
parce que ses devanciers, ne jouissant pas des
mêmes avantages, n'avaient pas recherché les
corps en question ; et, de ce que leurs analyses sont muettes à cet égard, il ne faut pas
en inférer l'absence de l'arsenic, de la lithine, etc., dans les sources qu'ils ont exami-
nées. Loin de là, on doit penser, au contraire,
avec les chimistes distingués qui ont étudié
la question, que les découvertes de Réveil
doivent être appliquées aux anciennes sources,
et que, si une nouvelle analyse en était faite
avec les mêmes procédés et à l'aide du spectroscope, elle confirmerait le fait annoncé par
Réveil. En effet, toutes les sources minérales

---

(1) M. Tripier, pharmacien en chef des armées, avait
annoncé, en 1839, que l'arsenic existe dans les dépôts de l'eau
minérale d'Hammam-Meskoutine. Cette découverte n'avait
rencontré que des incrédules.

d'Enghien ont une même origine ; elles sour-
dent du même terrain ; elles doivent, par
conséquent, avoir aussi la même composition
chimique. S'il existe entre elles une différence,
ce ne peut être qu'une question de quantité.

A propos de l'iode et de l'arsenic, décou-
verts par lui dans l'eau d'Enghien, Réveil dit
encore : « Quoique ces principes existent dans
ces eaux en proportions très-faibles, on ne
peut nier que des corps aussi énergiques dans
leurs effets doivent contribuer à l'action thérapeutique des eaux qui en renferment. »

« Nous en dirons de même pour la lithine,
dont nous avons constaté la présence non-
seulement au spectroscope, mais encore par
l'analyse ; cette terre alcaline, découverte par
Arfwedson, en 1827, n'avait reçu aucune
application en thérapeutique, lorsque, en
1843, M. A. Ure (de Londres) fixa l'attention
des médecins sur une Observation de M. Li-
powitz, par laquelle le carbonate de lithine
exerce une action dissolvante très-remarquable
sur l'acide urique. M. Garrod, qui a employé
avec succès la lithine contre la diathèse gout-
teuse, a fait remarquer que cette base ayant
un équivalent très-peu élevé, et, par conséquent, une grande puissance de saturation,
dissout mieux les calculs, diminue les accès

de goutte et les fait disparaître plus tard, et, comme l'urate de lithine est extrêmement soluble, il en résulte que cette terre alcaline favorise singulièrement l'élimination des diverses concrétions uriques. Il n'est donc pas téméraire, selon nous, d'attribuer à la lithine, à l'iode et à l'arsenic, une partie des bons effets que l'on retire des eaux d'Enghien. »

Nous aurons plus loin l'occasion de vérifier la justesse de cette assertion de Réveil.

Enfin, nous rapporterons encore, avant de quitter ce sujet, l'opinion du professeur Bouchardat sur l'efficacité de la lithine, administrée même à doses extrêmement faibles, presque infinitésimales.

« La lithine, dit-il, paraît avoir une incontestable utilité thérapeutique dans la polyurie; plusieurs eaux minérales renommées en contiennent, et, eu égard aux petites quantités de lithine qui sont nécessaires pour produire d'heureux effets, on peut très-bien se rendre compte par sa présence de l'efficacité de plusieurs sources renommées. »

(*Annuaire de thérapeutique*, 1870, page 287.)

AMÉNAGEMENT ET DISTRIBUTION
DE L'EAU MINÉRALE

DANS LES ÉTABLISSEMENTS DE BAINS D'ENGHIEN.

L'eau minérale d'Enghien est administrée en boisson, en bains généraux ou locaux, en douches générales ou locales, en gargarismes et en inhalations ou aspirations. Pour satisfaire à ces nombreux services, il fallait, dans l'intérêt du public malade, éviter autant que possible l'influence altérante que l'air atmosphérique, la lumière et la chaleur exercent en général sur toutes les eaux sulfurées. Voici comment l'administration des thermes d'Enghien s'est mise en garde contre ces trois causes d'altération :

Nous avons dit qu'il existe à Enghien neuf sources minérales. Chacune d'elles a été captée avec le plus grand soin, sous la direction d'ingénieurs spéciaux, et est conduite par des tuyaux, dont elle remplit exactement la capacité, de son point d'émergence jusqu'à un réservoir commun, pour être de là distribuée dans chaque partie de l'Etablissement, ou déposée avec les mêmes précautions dans les réservoirs de la tour.

Des dispositions particulières ont été prises pour deux d'entre elles, les plus anciennement connues, celles auxquelles Enghien doit sá réputation, la source du Roi et la source Deyeux, qui ont été exclusivement réservées pour la boisson. A leurs griffons, situés dans des grottes obscures, on a établi une petite cuvette dans laquelle les buveurs viennent puiser, et où l'eau minérale se renouvelle sans cesse ; le trop-plein de ces cuvettes va, par les mêmes procédés, se rendre dans le réservoir commun. — Tous ces réservoirs, partout où ils se trouvent, sont pourvus de couvercles flottants en bois, munis d'un rebord de six à huit centimètres, et ayant un diamètre un peu plus petit que le diamètre intérieur des réservoirs. Ces couvercles étant renversés, de manière que leur rebord plonge dans l'eau, celle-ci se trouve ainsi abritée du contact de l'air et de la lumière. Grâce à cette précaution, indiquée par M. Leconte, l'eau minérale d'Enghien conserve son principe sulfuré à un degré toujours élevé.

Afin d'éviter la déperdition de ce même principe par le fait de la chaleur, ne pouvant chauffer l'eau minérale en vases clos et exactement pleins, comme l'avait fait Longchamp, on élève sa température au degré voulu pour les bains et pour les douches, soit en la mêlant dans des proportions définies avec de l'eau commune chauffée à 80° centigrades, soit à l'aide de la vapeur.

Ce dernier procédé s'opère dans des baignoires pourvues tout exprès d'un double fond en bois percé de trous. Entre les deux fonds existe un serpentin horizontal, dans lequel la vapeur circule à volonté. Quand la baignoire est remplie d'eau minérale froide, on lâche la vapeur dans le serpentin, et le bain se trouve chaud en trois ou quatre minutes. Par ce moyen, on conserve à l'eau minérale, à très-peu de chose près, son degré originel de sulfuration. Aussi ces bains sont-ils considérés comme étant les plus énergiques.

Quant à l'autre procédé, il consiste à remplir la baignoire aux 7/8e, aux 3/4 ou aux 2/3, avec de l'eau minérale froide, suivant le degré de sulfuration qu'on veut obtenir, et à compléter le bain avec de l'eau commune plus ou moins chaude.

Dans l'un comme dans l'autre cas, l'eau minérale et l'eau commune sont apportées dans la baignoire, suivant le système adopté à l'hôpital Saint-Louis, par des tuyaux qui aboutissent au fond de celle-ci. En agissant, ainsi, on empêche que l'agitation du liquide détermine la perte d'une quantité quelconque d'acide sulfhydrique ; c'est encore pourquoi, lorsqu'on doit mélanger l'eau minérale avec l'eau chaude, on fait arriver d'abord l'eau minérale dans la baignoire.

Par ces sages mesures, l'Administration est parvenue à conserver le plus haut degré possible de sulfuration à l'eau des bains, et elle a permis aux médecins de graduer ce degré suivant les indications qu'ils veulent remplir.

Au reste, des recherches entreprises séparément par M. Leconte et par Réveil prouvent que la préparation d'un bain, dans les conditions que nous venons d'exposer, n'apporte qu'une différence insignifiante dans le degré sulfurométrique de l'eau d'Enghien, éprouvée avant et après cette préparation. De notre côté, nous nous sommes livré à quelques expériences dans le but de rechercher quelle est l'importance de la perte du principe sulfuré pendant la durée du bain ; nous avons ainsi acquis la certitude que cette perte est représentée seulement par quelques dixiè-mes de degré sulfurométrique.

Tout ce que nous venons de dire à propos des mesures destinées à conserver le principe sulfuré dans la confection des bains est appli-cable à celle des douches sulfurées chaudes. Si on n'use pas identiquement pour elles des mêmes précautions, ce qui se conçoit bien, du moins on applique les mêmes principes à leur préparation et à leur administration.

Il existe à Enghien une pratique, assez fré-quemment employée, et qui consiste à donner successivement le bain après la douche, ou la douche après le bain. Quand la douche pré-cède le bain, le malade la reçoit dans la bai-gnoire même, et, quand celle-ci est remplie d'eau minérale, il s'y étend. Quelques méde-cins rejettent absolument cette manière de faire ; les uns sous prétexte que l'eau qui a servi à donner la douche n'est plus assez sul-furée pour fournir un bain utile ; les autres pour d'autres motifs plus ou moins spécieux : en somme, ils veulent que le bain précède la douche.

Cette question nous a paru trop complexe pour être jugée sur de simples aperçus. Nous avons pensé qu'il importait avant tout de connaître, d'une part, la composition de l'eau du bain, et, d'autre part, celle de l'air du cabinet de bains, avant et après l'administration de la douche. Sans cette double notion, nous croyons qu'il est impossible d'apprécier sainement ce qui est le plus avantageux pour le malade. Nous allons donc raconter ce que nous avons fait pour éclairer notre jugement.

Ayant introduit dans des tubes de Liebig une solution titrée d'iodure d'amidon, nous y avons fait passer l'air de l'intérieur d'un cabinet de bain du rez-de-chaussée, tantôt avant, tantôt après l'administration de la douche. Eh bien ! toutes les fois que la douge avait précédé le bain, nous avons trouvé, entre 20 et 40 minutes après la douche, que chaque litre d'air contenait de 16 à 33 centièmes de centimètre cube d'acide sulfhydrique, et que l'eau puisée dans la baignoire, après le bain, contenait encore environ 20 centimètres cubes d'acide sulfhydrique par litre. Quand au contraire le bain n'avait pas été précédé par la douche, il nous était impossible, pendant sa durée, quelle que fût la quantité d'air du cabinet entraînée à travers le tube de Liebig, d'obtenir la décoloration de notre liqueur iodo-amidonnée, bien que nous l'eussions faite cinq fois moins forte que la première. Cependant, chaque litre d'eau puisée

dans la baignoire contenait, suivant les circonstances, 16, 20 ou 22 centimètres cubes
d'acide sulfhydrique. En conséquence, lorsque la douche a précédé le bain, l'air du cabinet contient une proportion notable d'acide
sulfhydrique que le baigneur respire pendant
la durée de son bain ; dans le second cas il
n'en contient pas.

Enfin, ayant remarqué un jour que, pendant que l'on donnait une douche à l'intérieur
d'un cabinet, une partie du liquide s'échap-
pait au-dehors par les jointures de la croisée,
nous en avons profité pour nous rendre compte
des effets du brisement violent de la colonne
d'eau sur la déperdition du principe sulfuré.
L'analyse sulfurométrique de cette eau, re-
cueillie à travers la croisée, nous a démontré
qu'elle contenait encore 6 centimètres cubes
d'acide sulfhydrique par litre.

Nous indiquerons plus loin le parti que la
pratique thermale peut tirer de ces recherches ; pour le moment, nous nous bornerons
à en conclure :

1° Que dans des conditions déterminées,
par exemple, dans un espace circonscrit, la
décomposition de l'acide sulfhydrique par l'air
n'est pas aussi prompte qu'on le suppose généralement; cela est d'ailleurs confirmé par la per-

sistance prolongée dans l'air de l'odeur caractéristique de l'acide sulfhydrique ;

2° Que la fragmentation violente d'une colonne d'eau minérale, surtout lorsqu'elle n'est pas très-ténue, ne désulfure pas celle-ci instantanément ni complétement. Cette seconde conclusion s'accorde avec le résultat des expériences faites par la commission médicale, chargée par la société d'hydrologie de Paris, d'étudier la pulvérisation des eaux minérales, et qui a constaté que l'eau d'Enghien pulvérisée avec le néphogène ne perd que 66 % de son principe sulfuré. Par conséquent, elle conserve encore 34 %.

Cela étant, nous devons rechercher quelles peuvent être, au point de vue des inhalations, les conséquences de cette perte d'acide sulfhydrique, éprouvée par l'eau d'Enghien, pendant sa pulvérisation.

Et d'abord, nous ne contesterons en aucune façon l'exactitude des résultats obtenus par ladite commission ; nous admettons donc que la poussière d'eau minérale, répandue dans nos salles d'inhalation, tout en conservant ses principes fixes, a perdu les deux tiers de son principe sulfureux. — Mais alors, dira-t-on, comment croire qu'une eau aussi dégénérée puisse rendre des services à ceux qui la hument ? — La réponse à cette question est aussi simple que péremptoire ; la voici : — *L'eau minérale d'Enghien, ainsi réduite, est encore aussi riche, si ce n'est plus riche, en principe sulfureux que les eaux des Pyrénées !*

Nous empruntons la preuve de cette assertion au tableau composé par la même commission de la société d'hydrologie de Paris.

Dans ce tableau, le titre sulfurométrique de l'eau d'Enghien, avant la pulvérisation, est coté à $0,1800$ et à $0,1500$; ce qui donne une moyenne de $0,1650$. — Après la pulvérisation ce titre est descendu à $0,0612$ et à $0,0524$ dont la moyenne est de $0,0568$. Or, le titre sulfurométrique des eaux des Pyrénées, d'après ce même tableau, avant la pulvérisation, est à peine égal à celui de l'eau d'Enghien *pulvérisée*, et après la pulvérisation il lui est inférieur. Exemples :

Sources de		avant la pulv.	après la pulv.
Cauterêts	César (Moyenne)	$0,0582$ —	$0,05652$
	La Raillère.....	$0,0440$ —	$0,04290$
	Les Espagnols..	$0,0440$ —	$0,04608$
Bonnes...................		$0,0790$ —	$0,05237$
Barèges..................		$0,0580$ —	$0,05688$

Ainsi l'eau de Barèges seule possède, après

la pulvérisation, un titre sulfurométrique égal à celui de l'eau d'Enghien.

Donc, au point de vue sulfurométrique, les salles d'inhalation d'Enghien fournissent une poussière liquide aussi riche que celle que l'on obtient avec les eaux des Pyrénées : donc, au même point de vue, si les inhalations pyrénéennes sont bonnes et efficaces, celles d'Enghien ne peuvent leur être inférieures.

Nous ne comprenons donc pas l'avantage qu'un de nos honorables confrères a espéré obtenir en comparant, comme il l'a fait, les degrés de désulfuration éprouvés sous l'influence de la pulvérisation par l'eau d'Enghien et par celles de Cauterêts. « Tandis que la perte a été de 66 % avec l'eau d'Enghien, dit-il, elle n'a été que de 2,5 % avec La Raillère de Cauterets et de 9 % au plus avec César.»

— En quoi cela change-t-il la question? Qu'importe en effet cette perte de 66 %, si après elle l'eau d'Enghien *pulvérisée* est aussi riche en principe sulfuré que celles de Cauterets ou d'autres lieux, qui sont employées aux mêmes usages ? C'est là qu'est le point essentiel de la question et nous croyons l'avoir clairement résolu dans un sens qui n'est pas précisément celui qu'on recherchait.

Mais il est un fait auquel notre honorable

confrère ne semble pas avoir pensé : car les
66 % d'acide sulfhydrique, dégagés de l'Eau
d'Enghien par la pulvérisation, ne sont pas
entièrement perdus pour nos malades. En
effet, ils se répandent dans la salle où s'opère
la pulvérisation, et, mêlés à son atmosphère,
ils sont aspirés avec l'eau poudroyée ; c'est
donc un appoint considérable que ces 66 %
d'acide sulfhydrique apportent à l'effet thérapeutique de celles-ci.

Or, nous ne contestons pas que, dans les
salles d'inhalation de Cauterêts, il se fasse un
semblable appoint, adjuvant de l'eau pulvérisée ; mais celui-ci ne sera jamais que de
2, 5 à 9 %, puisqu'à Cauterets la perte par
la pulvérisation ne peut-être plus considérable.
La différence que nous signalons ne serait
donc pas à l'avantage des salles d'inhalation
de Cauterets ; on en conviendra avec nous.

Nous ne prétendons pas que ces 66 %
d'acide sulfhydrique abandonnés par l'eau
pulvérisée dans la salle d'Enghien, y res-
teront intégralement et sans éprouver de décomposition ; nous savons bien que cela n'est
pas possible ; mais nous soutenons que la
décomposition par l'air en laissera davantage
au humage des malades, que si l'appoint
n'était, comme à Cauterets, que de 2, 5 à 9 %.

Nous ne pousserons pas plus loin cette discussion. Nous croyons d'ailleurs qu'entre les eaux sulfurées sodiques et les sulfurées calciques, il n'est pas sérieusement possible de fonder une concurrence basée sur la raison chimique. L'observation clinique sera toujours en pareil cas le criterium par excellence, laissons la donc se prononcer et acceptons ses arrêts. Au reste, voici sur ce sujet l'opinion d'un auteur, très-compétent, de M. le Dr Rotureau :

« En étudiant les sources de la région mé-
« ridionale, ou mieux, pyrénéenne de là
« France, on verra l'identité presque absolue
« de leurs effets physiologiques et thérapeu-
« tiques avec ceux que produisent les eaux
« d'Enghien, malgré les différences qui
« existent dans la composition des principes
« fixes et gazeux contenus dans ces eaux.
« Plusieurs sources de Bagnères-de-Luchon,
« par exemple, toutes celles de Barèges,
« quelques-unes de Cauterets sont stimu-
« lantes, toniques et reconstituantes comme
« celles d'Enghien, et elles donnent les mêmes
« résultats, à quelques nuances près, comme
« on pourra s'en convaincre si l'on veut bien
« se reporter aux effets physiologiques et
« curatifs des sources de la Grotte supérieure,

« de la Grotte inférieure et surtout de la
« Reine de Luchon ; de la Chapelle, de
« Gency, du Bain neuf, de l'Entrée, du Tam-
« bour, du Fond, de Polar et de Dassieu de
« Barège ; et enfin de César, des Espagnols,
« du Bois, du Pré et des Œufs de Cauterets.»

(*Des principales Eaux minérales de France*, page 64.)

Enfin M. le Dr Bazin, qui a une si grande expérience sur cette question d'efficacité des eaux minérales, ne dit-il pas, à propos des Eaux d'Enghien : « leur action est analogue « à celles des eaux sulfurées sodiques des « Pyrénées, et *nous ne la croyons pas in-* « *férieure.* »

(*Leçons sur le Traitement des Maladins chroniaqes,* etc., page 105.)

Pour terminer ce chapitre nous ferons une description succincte des dispositions inté-rieures des Etablissements de Bains d'En-ghien, qui sont au nombre de deux.

Le grand Etablissement. — Il renferme 80 baignoires, la plupart en fonte émaillée. Chacune d'elles est pourvue de trois robinets; l'un pour l'eau sulfureuse froide ; un autre pour l'eau commune froide, et le troisième pour l'eau commune chaude. Dans le sous-sol, se trouvent les machines à vapeur, les

magasins, les ateliers, et le grand réservoir
où convergent les sources. Au rez-de-chaussée, sont les étuves et les chauffoirs; la grande
salle, dite de respiration, décorée dans le
style égyptien, par un artiste de talent,
M. de Meuse, est ornée de fleurs et de jets
d'eau. C'est un véritable salon de conver-
sation et de lecture, ouvert aux baigneurs de
7 heures du matin à 6 heures du soir, et
abondamment pourvu de journaux. A droite
(côté des dames) et à gauche (côté des
hommes), de cette salle sont les cabinets de
bains, chacun d'eux est précédé d'un petit
salon, servant de vestiaire et ayant glaces,
tapis, etc.; dans tous ces cabinets on peut
prendre des bains et des douches générales ou
locales; il y a entre autres une petite douche
de larynx de moindre pression que le malade
peut s'administrer lui-même pendant le bain;
parmi eux on trouve encore des cabinets de
bains russes avec lit de repos dans un cabinet
attenant; des cabinets de douches, *type
bourbonne*, pour prendre les douches en restant couché sur un lit de camp; des cabinets
pour douches ascendantes et bains de siége;
deux grands cabinets avec déshabilloirs, pour
douches écossaises, et des cabinets riches avec
lit de repos, salon, salle de douches et de bains.

Des compteurs-pendules sont apposés à tous les cabinets, afin que le malade puisse sortir de son bain exactement à l'heure prescrite. Enfin, au fond, la salle d'inhalation des Messieurs et l'Etablissement hydrothérapique.

Au premier étage, sont les bureaux, la caisse et l'Administration; la salle d'inhalation des Dames; de chaque côté, une galerie de cabinets de bains, disposés comme ceux du rez-de chaussée, à cela près qu'on n'y prend pas de douches; et au fond, des cabinets spéciaux pour les douches nasales, buccales et pharyngiennes.

Les cabinets de bains, les salles d'inhalation, les salles destinées à l'hydrothérapie et le grand promenoir sont chauffés lorsque la température l'exige.

Les Salles d'inhalation. — Celle des Messieurs a 48 mètres de superficie; celle des Dames en a 43; chacune d'elles a 3 mètres 60 centimètres de hauteur. Elles sont l'une et l'autre pourvues de ventilateurs, destinés à renouveler ou à rafraîchir l'air intérieur. Au milieu de chaque salle est une grande table, en forme de cuvette elliptique, ayant 4 mètres de long sur 70 centimètres de large, et du milieu de laquelle s'élèvent cinq grands appareils de pulvérisation : sur le pourtour de cette cuvette sont placés, à 75 centimètres de distance l'un de l'autre, d'autres appareils de pulvérisation. Les uns et les autres fournissent la poussière hydro-minérale qui doit être respirée par les malades, assis autour de la table ou se promenant dans la salle. Aux parois de chaque salle sont disposés dix instruments pulvérisateurs de formes diverses et fournissant une poussière liquide moins ténue, et par conséquent plus sulfurée, que celle donnée par les premiers. Ils sont destinés aux douches buccales et pharyngiennes.

L'eau minérale consacrée à la pulvérisation est puisée directement dans le grand réservoir, à l'aide d'une pompe à double effet, mue par une machine à vapeur, et qui la conduit à l'abri de l'air et de la lumière jusque dans les salles d'inhalation. Il s'ensuit que l'eau minérale n'est point altérée durant son trajet à travers les tuyaux, et que la pulvérisation, opérée sous une pression uniforme et constante, est continue et toujours égale.

« Les malades, dit M. le Dr Desnos, sont soumis, dans cette salle, à la double action d'une pulvérisation proprement dite et d'une véritable inhalation gazeuse, et par conséquent plongés dans un milieu sulfuré, dont la portée physiologique et thérapeutique ne saurait être méconnne. » Nous avons expliqué plus haut en vertu de quelles circonstances cette double action a lieu.

Parlons maintenant de l'installation hydro thérapique. Ses appareils comme ses agencements constituent ce que l'art et la science ont créé de plus confortable et de plus complet. Nous citerons, par exemple, de vastes et élégantes piscines ; des douches mobiles à diamètres variables et à jets uniques ou multiples; des douches fixes, verticales, obliques ou horizontales, à diamètres également différents, par exemple : la douche en cercles, la douche en lames, la douche en flots, la douche du rachis, les douches ascendantes à destinations spéciales, etc. ; enfin de nombreux appareils fixes et portatifs pour les divers bains partiels et pour les lotions alternativement chaudes et froides. Il y a encore des cabinets et des appareils spéciaux pour la sudation qui, suivant les cas, est provoquée soit par l'enveloppement, soit par l'air chaud, soit par l'étuve humide; des cabinets de fumigations; des cabinets de vapeurs aromatiques, des bains russes, etc.

D'élégants vestiaires sont contigus aux salles et aux cabinets de traitement.

Cette installation hydrothérapique est la seule en France, et peut-être en Europe, où le médecin puisse à son gré et suivant les indications qu'il rencontre, faire de l'hydrothérapie à l'eau commune ou à l'eau sulfureuse. Elle est très-abondamment pourvue de l'une et de l'autre espèce d'eau, qui lui sont fournies par des puits artésiens et par des sources dont la température est de 10 à 11° centigrades, (1) et qui, *froides ou chaudes,* sont distribuées dans les diverses parties de l'établissement au moyen de deux machines à vapeur; d'où il résulte que tous les appareils peuvent débiter à volonté l'eau minérale ou l'eau commune, froide ou chaude.

En outre, les malades qui suivent la cure hydrothérapique trouveront dans l'intérieur du Parc une eau potable d'excellente qualité aux sources du Rocher et de l'Enfant.

Le petit Etablissement ou la Succursale. — Celui-ci ne date que de 1864 ; quoique construit sur une plus petite échelle, il n'en

---

(1) A Paris et dans ses environs, sous la latitude 49° N, à 75 mètres au-dessus de la mer, la température des sources, indiquée par Bouvard, est de 11°50 centigrades. — A moins de la refroidir artificiellement, on ne peut employer, à Paris et aux environs, que de l'eau ayant de 10°50 à 11 degrés centigrades.

réunit pas moins toutes les commodités et tout le confort désirables, ainsi que les appareils nécessaires à la médication thermale et au traitement hydrothérapique. Il est pourvu de deux calorifères très-suffisants pour son étendue. — Quant à l'eau minérale qui l'alimente, elle a une composition chimique identique à celle des sources du grand Etablissement ; elle en a, par conséquent, les vertus curatives. Mais les douches thermales et les douches hydrothérapiques y ont une force de projection moins grande que celles du grand Etablissement. Cette condition fait qu'elles sont recherchées pour les enfants et par les personnes faibles et délicates.

Terminons ce sujet par une citation empruntée à M. le Dᴿ Bazin : « L'installation remarquable de l'Etablissement d'Enghien, où l'on trouve toutes les ressources nécessaires à l'administration des eaux, et la proximité de Paris, rendent les sources de cette localité, si intéressantes par elles-mêmes, encore plus précieuses. »

(BAZIN, L. C., page 105.)

DU MODE D'ACTION

DE L'EAU MINÉRALE D'ENGHIEN.

On trouvera peut-être que nous nous sommes beaucoup étendu sur la composition et sur les propriétés physiques et chimiques de l'eau sulfurée calcique d'Enghien. Nous n'avons agi ainsi que pour satisfaire plus amplement la légitime curiosité des baigneurs, et pour mettre en plus grande évidence, à leur profit, les motifs des mesures adoptées par l'Administration des thermes, en vue de conserver à cette eau toutes ses vertus curatives. Ce n'était donc pas pour déduire des notions qui précèdent le mode d'action de cette eau. — Comme la plupart de nos confrères en hydrologie, nous sommes convaincu qu'une semblable déduction ne peut être rigoureusement tirée de l'analyse chimique. Celle-ci, en effet, ne peut que nous fournir des explications *probables* sur les propriétés thérapeutiques d'une eau minérale quelconque, ou nous guider dans les premières applications de celle-ci, en nous faisant connaître l'analogie de sa composition avec celle d'autres sources déjà exploitées.

Assurément, si une eau minérale ne contenait qu'un seul principe actif, il suffirait que la chimie nous l'eût fait connaître pour qu'aussitôt, en vertu des notions que nous avons acquises sur les propriétés de chacun des agents de la matière médicale, nous soyions en mesure de déterminer le mode d'action de cette eau ; mais la composition des eaux minérales est toujours très-complexe ; elle comprend un nombre plus ou moins grand de composés fixes et d'autres qui ne le sont pas ; mais l'action spécifique de chacun d'eux sur nos organes est souvent très-dissemblable l'une de l'autre ; bien plus, la chimie ne nous apprend pas d'une façon précise comment ces corps sont associés entre eux !... Comment alors l'analyse chimique nous révèlerait-elle les propriétés thérapeutiques de ces mystérieux mélanges ? — Est-ce qu'elle ne laisse pas, pour nous, à l'état d'inconnue la cause intime des effets considérables que produisent certaines eaux à peine minéralisées ?

Ainsi, dans les eaux d'Evian, de Wilbad, de Gastein ou de Pfeffers, dont tout le monde connaît la grande puissance thérapeutique, l'analyse chimique n'a pu découvrir que quelques centigrammes de sels fort insignifiants, de telle sorte que ces eaux paraissent beaucoup moins minéralisées que d'autres qui servent à nos usages domestiques.

C'est donc ailleurs que dans la chimie que nous devons chercher la lumière. Or, nous la trouvons dans l'observation clinique, c'est-à-dire dans cette observation qui a pour objectifs les effets produits sur les différents organes des malades soumis à l'usage des eaux minérales. C'est par elle, en effet, que nous acquérons des notions précises sur l'action spécifique de chacune de ces eaux ; c'est à elle encore, lorsqu'il s'agit de satisfaire à une indication déterminée, que nous devons de pouvoir prescrire avec assurance l'emploi de telle eau plutôt que celui de telle autre.

Cependant, qu'on ne s'y trompe pas, les notions acquises en cette circonstance par l'observateur ne concernent que l'ensemble du résultat obtenu. S'il voulait analyser celui-ci et expliquer par quelle voie ou par quels moyens il a été produit, il serait réduit à ne pas quitter le terrain des hypothèses ou des analogies ; tant il est difficile, sinon impossible, de distinguer dans cet ensemble d'effets thérapeutiques la part d'action qui revient à chacun des principes constituants des eaux minérales ! Grâce à l'observation clinique, il nous est donné de constater les faits ; mais nous ne pouvons rigoureusement aller au-delà.

Ces réserves faites, relatons les divers effets produits par l'eau sulfurée calcique d'Enghien ; et parlons d'abord de son action topique, tant à l'extérieur qu'à l'intérieur.

Lorsqu'on déguste l'eau minérale d'Enghien, on lui trouve une saveur fraîche, et si on la laisse quelque temps dans la bouche, on éprouve en outre un léger picotement à l'extrémité de la langue. Ces sensations sont d'autant plus prononcées que l'eau appartient à une des sources les plus minéralisées ; elles persistent quelquefois durant 15 ou 20 minutes, si une nouvelle impression ne vient pas se substituer à elles.

Introduite dans l'estomac, elle y cause également une sensation de fraîcheur et de bien-être qui fait naître l'appétit.

Administrée en lavement, elle provoque facilement des garde-robes en stimulant légèrement le mouvement péristaltique de l'intestin.

La pituitaire et la conjonctive, plus sensibles que les muqueuses buccale et rectale, sont impressionnées plus fortement qu'elles par le contact de l'eau sulfurée calcique, qui y détermine une stimulation ayant pour résultats . l'éternuement, le larmoiement et même l'injection de la conjonctive oculaire et palpébrale.

Quoique douée d'une sensibilité moins grande que celle des muqueuses, la peau n'en est pas moins impressionnée par l'eau d'Enghien, mais les phénomènes analogues, dont elle devient alors le siége, ne peuvent y être constatés qu'à la suite d'un contact prolongé ou souvent répété. Celui-ci, en effet, détermine à la surface cutanée des picotements et même une démangeaison quelquefois très-vive. On voit souvent, à la suite d'un bain, la peau se couvrir de rougeurs (taches érythémateuses).

La plupart de ces effets, dont le caractère *excitant* ne peut être contesté, sont dus en grande partie à l'acide carbonique et à l'acide sulfhydrique que l'eau d'Enghien renferme en quantité très-notable. On sait, en effet, que l'action topique de ces gaz est *excitante* et qu'elle peut aller jusqu'à l'irritation des parties avec lesquelles ils sont en contact. Si ce fait avait besoin de démonstration, il suffirait, pour en fournir une qui fût indiscutable, de rappeler que, dans le fort de la saison thermale, quand le nombre des douches écossaises est considérable, les doucheurs et les doucheuses du grand Etablissement thermal sont affectés simultanément de coryza et de conjonctivite intenses dont la durée est souvent de cinq à six jours. Les gens de service étant alors trop éloignés du douché pour que la projection du liquide fit retour sur leurs yeux et dans leurs fosses nasales, on ne peut attribuer cet accident qu'à l'influence des gaz carbonique et sulfhydrique, mêlés en proportions accidentellement considérables à l'air du cabinet de douches.

Ainsi l'action locale de l'eau d'Enghien se traduit à notre observation par des phénomènes d'excitation, dont l'intensité est en rapport avec le degré de susceptibilité des organes, l'élévation ou la modération de la dose, et la durée de l'usage.

Pour prendre une idée exacte de l'action interne ou dynamique de l'eau d'Enghien, il faut l'observer successivement sur différents systèmes d'organes, par exemple :

1° *Sur les voies digestives.* A doses modérées et lorsqu'elle est bien tolérée par l'esto-

mac, outre la sensation de fraîcheur et le
sentiment de bien-être dont nous avons parlé
déjà, et qu'elle produit à chaque ingestion,
elle excite l'appétit et la puissance digestive ;
elle imprime une activité plus grande aux sécrétions hépatique, pancraétique et intestinale ; elle stimule le mouvement de l'intestin :
d'où résultent des garderobes plus faciles.
Cette activité fonctionnelle se fait surtout remarquer chez les personnes dont l'estomac
est habituellement paresseux, dont les digestions sont lentes ou mêmes laborieuses, et qui
sont ordinairement constipées. Ces effets ne
se manifestent guère qu'après quelques jours
d'usage de l'eau minérale. Quelquefois ils dé-
passent le degré physiologique et vont jusqu'à
produire de la diarrhée. Puis cette surexcita-
tion s'éteint, soit spontanément par une sorte
d'accoutumance, soit par l'effet de remèdes
appropriés, et les selles redeviennent moins
fréquentes ou mêmes rares. Les idiosyncrasies
ou les dispositions constitutionnelles particulières peuvent d'ailleurs accroître ou atténuer
ces effets.

Lorsque l'eau est mal tolérée, les personnes
qui en font usage éprouvent des chaleurs, des
crampes d'*estomac*, ou la sensation d'un poids
ou d'une barre qui occupe la région épigas-

trique, des renvois ayant l'odeur d'œufs
pourris, de la pesanteur de tête, un défaut
d'appétit et même du dégoût pour les aliments ; enfin paraît une diarrhée bilieuse ou
muqueuse accompagnée de coliques, et don-
nant lieu à l'expulsion de matières ayant
également une forte odeur d'hydrogène sulfuré.

Les mêmes phénomènes se produisent à
peu près dans le même ordre, mais avec plus
de rapidité et plus d'importance, quand,
pendant quelques jours, on a bu inopportu-
ment et avec excès de l'eau d'Enghien. Alors
la diarrhée peut devenir grave, donner lieu à
des selles sanguinolentes et s'accompagner de
fièvre et de vomissements. A ce propos, nous
citerons un fait qui renferme un précieux
enseignement. Un de nos honorables confrères,
professeur à la Faculté de Médecine de Paris,
accompagné de ses enfants, était venu durant
la Commune passer quelque temps à Enghien.
Sa cuisinière, d'ailleurs bien portante, s'ima-
gina que, puisqu'elle était à Enghien, elle
ferait une chose utile à sa santé en buvant de
l'eau minérale ; donc, sans consulter son
maître, elle en avala, pendant plusieurs jours,
cinq à six verres dans les vingt-quatre heures ;
si bien qu'une certaine nuit elle fut prise de

tranchées et d'une diarrhée telle qu'elle eut, nous a-t-elle dit, environ quarante selles dans l'espace de cinq à six heures. Nous souhaitons que l'histoire de cette malade, qui, du reste, guérit promptement, serve de leçon aux imprudents.

2° *Sur les voies respiratoires.* Au bout de six à huit jours, les buveurs éprouvent un peu de sécheresse à la gorge et quelquefois un peu de difficulté à avaler leur salive; mais ces phénomènes sont bientôt remplacés par une légère augmentation de la sécrétion bronchique. Chez les personnes atteintes d'affections chroniques des voies respiratoires, on voit aussi l'expectoration diminuer pendant les premiers jours, puis augmenter, devenir moins épaisse et quelquefois, de puriforme qu'elle était, prendre les caractères d'une sécrétion purement muqueuse. Souvent chez ces mêmes malades on rencontre des alternatives de diminution ou d'augmentation avec modification de la sécrétion bronchique ou pulmonaire, qui paraissent coïncider avec de semblables alternatives dans la diminution ou l'accroissement de la transpiration cutanée ou des sécrétions intestinale ou urinaire, c'est-à-dire que l'une ou l'autre de celles-ci étant augmentée ou diminuée, les premières éprouvent la condition inverse. En somme, le plus souvent ces phénomènes d'excitation s'affaiblissent et disparaissent, et la maladie marche vers une terminaison heureuse.

Mais si la dose est trop élevée, si l'usage de l'eau minérale est trop prolongé, cette exagération d'abord modérée de l'activité des surfaces bronchique ou pulmonaire, peut aller jusqu'à l'inflammation de ces parties et s'accompagner de fièvre. Les malades commencent par ressentir une ardeur et une sécheresse plus grande à la gorge, puis au larynx et à la trachée, dans laquelle se produit une sensation de chaleur et d'érosion, et enfin des douleurs dans toute l'étendue de la poitrine. Chez certains phthisiques, cette excitation peut déterminer des hémoptysies. Dans ce cas, il devient évident qu'il faut au plus tôt suspendre ou diminuer, selon l'intensité du mal, l'usage de l'eau sulfurée.

3° *Sur les voies urinaires et les organes génitaux*. Pour les premières, on remarque au bout de quelques jours une émission plus abondante des urines, et dont la proportion n'est pas en rapport direct avec la quantité d'eau ingérée, ni avec la faculté d'élimination par les reins habituelle aux malades. C'est un effet diurétique Il convient toutefois de surveiller attentivement le degré d'excitation produite sur l'appareil urinaire ; car cette excitation, étant susceptible de déterminer quelquefois l'irritation de la vessie, même sur des organes sains, donnerait lieu encore plus sûrement à des accidents sérieux sur une vessie déjà malade.

Les organes génitaux se trouvent également stimulés : chez l'homme, il y a fréquemment provocation de pertes nocturnes ; chez la femme, le flux menstruel devient plus régulier ; il est rétabli après sa suppression accidentelle, et les écoulements leucorrhéiques chroniques peuvent être ramenés à l'état aigu. On voit quelquefois reparaître d'anciennes blennorrhagies.

4° *Sur la peau.* Les fonctions de la peau sont promptement activées ; sa température s'élève ; la transpiration devient plus abondante ; elle reparaît quand elle a été supprimée accidentellement, enfin, lorsque l'on joint les bains à l'usage interne de l'eau, la peau devient assez souvent le siége de rougeurs et même d'éruptions miliaires, erythémateuses ou furonculeuses. Ces divers phénomènes peuvent acquérir assez d'intensité et s'accompagner de symptômes généraux assez prononcés pour

prendre le caractère de ce que l'on appelle :
la Poussée. Ce fait est rare à Enghien.

Jusqu'ici, dans l'exposé, qui précède, des
effets de l'eau d'Enghien, nous n'avons eu à
signaler que des phénomènes de stimulation,
soit locale, soit généralisée, sur quelques systèmes d'organes. En sera-t-il de même sur
ceux qui nous restent à examiner ? C'est ce
que nous allons voir.

5° *Sur le système nerveux et la circulation.*
On a dit que l'eau minérale d'Enghien excite
le système nerveux et l'appareil de la circulation, et, pour preuves du fait, on a dit avoir
observé, d'une part, de l'agitation pendant la
nuit, des réveils en sursaut, des rêves multiples ; tantôt un sentiment de pesanteur sur le
sommet de la tête ou dans la région sus-orbi-
taire ; tantôt de véritables névralgies ; et,
d'autre part, l'accélération du pouls et l'augmentation de la température animale pouvant s'élever jusqu'à un degré fébrile. Eh
bien ! nous n'acceptons pas complètement et
sans réserve cette manière de voir. Nous ne
contestons pas que, dans le cours d'un traitement par l'eau d'Enghien, il soit possible
d'observer chez quelques malades de l'agitation nerveuse et de l'accélération du pouls ;
voire un certain état fébrile. Mais nous ne

saurions admettre que tous ces phénomènes soient l'effet direct de l'eau minérale. Nous croyons qu'ils dépendent de circonstances relatives aux malades et au mode d'administration de l'eau plutôt que des effets nécessaires de celle-ci, lorsque le traitement est bien dirigé.

En effet, on ne les remarque, le plus souvent, que chez les personnes qui, manquant d'une bonne direction médicale, ont déterminé chez elles un mouvement fébrile, par un traitement trop actif, par des bains trop chauds et trop prolongés, par des fatigues trop grandes et trop multipliées, etc... Autrement la légère stimulation produite par l'eau d'Enghien se localise dans les quatre premiers systèmes que nous avons passés en revue ; elle ne dépasse pas le degré physiologique et ne s'étend ni au système nerveux, ni à l'appareil circulatoire. D'ailleurs, comment n'en serait-il pas ainsi ? L'eau d'Enghien ne renferme aucun excitant direct de ces deux systèmes ; et au contraire, elle contient deux puissants sédatifs de l'un et de l'autre : l'acide carbonique et l'acide sulfhydrique.

Ce dernier joue un rôle si grand dans le traitement par l'eau sulfurée calcique d'Enghien, que nous croyons devoir lui consacrer une mention particulière. Déjà nous avons dit que son action topique est irritante, comme l'est celle de toutes les vapeurs acides ; il ne s'agit maintenant que de faire connaître celle qu'il exerce lorsqu'il est absorbé.

Mais d'abord l'acide sulfhydrique est-il absorbé ? Certaines expériences du professeur Claude Bernard démontrent non-seulement la réalité de son absorption, mais encore la voie par laquelle il est ensuite éliminé. Il résulte en effet de celles-ci que lorsqu'on injecte dans la veine jugulaire d'un chien une solution concentrée d'acide sulfhydrique, 3 ou 5 secondes après, celui-ci est rejeté par le poumon. Si une semblable solution est introduite dans l'estomac ou dans le rectum, l'acide sulfhydrique est éliminé également par le poumon, mais 65 secondes au moins après son introduction. Cette différence dans la durée de son séjour dans l'économie animale tient à ce que, dans le second cas, avant d'arriver au poumon, l'acide sulfhydrique était forcé de parcourir la circulation de la veine-porte la plus lente de l'économie, et que, dans le premier cas, il arrivait presque directement au poumon.

Le résultat de ces expériences renferme encore un autre enseignement : c'est celui de

l'innocuité relative du passage de l'acide sulfhydrique dans la circulation veineuse. L'animal, en effet, n'en paraissait nullement incom-
modé, quoique l'injection fut répétée plusieurs
fois pour l'instruction des élèves, et que
chaque injection contînt 10 centimètres cubes
d'acide sulfhydrique.

Il n'en eut pas été de même, assurément,
si, au lieu d'être injectée dans une veine ou
introduite dans le tube digestif, une semblable
quantité d'acide sulfhydrique eut pénétré
dans le corps de l'animal par les voies respiratoires. L'habile et savant expérimentateur
n'a pas manqué de signaler cette différence à
ses élèves, et il en a indiqué la cause dans ce
fait que, pénétrant par les voies aériennes,
l'acide sulfhydrique est introduit directement
dans la circulation artérielle, par laquelle
alors il est transporté dans le tissu capillaire,
au sein duquel s'opèrent les modifications de
composition et de décomposition organiques,
et les actions des substances toxiques et médi-
camenteuses.

Alors son absorption est complète, et rien
ne s'oppose à son action délétère. C'est pourquoi la respiration de l'hydrogène sulfuré est
si rapidement mortelle, quand elle a lieu dans
une atmosphère saturée de ce gaz. On sup-

pose que, mêlé alors au sang artériel, il lui
enlève une partie de son oxygène et le rend
ainsi impropre à l'entretien de la vie. Quelques auteurs, sans nier cette réaction chimique, lui attribuent une action stupéfiante sur
le système nerveux.

Pendant le traitement thermal que les malades suivent à Enghien, l'acide sulfhydrique
pénètre dans l'économie par les voies digestives et par les voies respiratoires. Dans le
premier cas, quand il n'est pas éliminé en
totalité par le poumon, son élimination est
complétée par le foie ou par l'intestin; dans le
second cas, il s'échappe par les divers émonc-
toires de l'économie : le poumon, les reins,
l'intestin et la peau. Mais notons que, dans
ces différentes circonstances et spécialement
quand il est aspiré dans les salles d'inhalation,
les malades en usent dans des proportions si
minimes qu'il ne peut causer aucun danger.
Il ne nous paraît pas nécessaire d'insister sur
ce point, sur lequel, d'ailleurs, l'expérience a
suffisamment éclairé le public. Cependant,
pour ne laisser aucun point obscur dans ce tableau, nous allons comparer les injections inoffensives de M. C. Bernard avec les quantités
d'acide sulfhydrique ingérées par les malades
qui font la cure par l'eau sulfurée d'Enghien.

L'eau, à une pression moyenne et à la température de + 15° centigrades, dissout un peu
plus de deux fois et demie son volume d'hydrogène sulfuré. — Donc, lorsqu'il injectait
dans la jugulaire d'un chien 4 centimètres
cubes d'eau saturée de ce gaz, M. Bernard
introduisait par chaque injection 10 centimètres cubes d'hydrogène sulfuré dans le
sang veineux de l'animal en expérience, et,
suivant qu'il répétait deux ou trois fois l'opération, la quantité de gaz injecté s'élevait à 20
ou à 30 centimètres, dans un court espace de
temps. L'injection dans le rectum, étant de
32 centimètres cubes d'eau saturée, représentait, d'après le même calcul, 80 centimètres
cubes de gaz sulfhydrique. — Ces injections
étaient inoffensives, nous le répétons.

Or, l'eau sulfurée d'Enghien contient, au
maximum, 38 centimètres cubes par litre ;
pour la même quantité d'eau, les sources consacrées à la boisson n'en contiennent que 14
à 16 centimètres cubes. Les malades, buvant
de celles-ci environ 3 verres par jour (3/4 de
litre à peu près), n'ingèrent, dans l'espace de
8 à 10 heures, que 10 à 12 centimètres cubes
au maximum.

Pour les inhalations, la quantité est encore
plus faible, puisque nos recherches établis

sent que l'atmosphère de la salle ne renferme
que quelques centièmes de centimètres cubes
par litre d'air.

On voit donc que, dans de telles proportions, il est impossible qu'aucun effet toxique
notable soit produit durant le traitement
suivi à l'Etablissement thermal d'Enghien.

Parlons maintenant des effets thérapeutiques de l'acide sulfhydrique.

Ce composé a été employé en médecine
comme stupéfiant et comme antispasmodique.
C'est à ce titre que Niemann le faisait respirer
à petites doses aux malades atteints de phthisie. MM. Trousseau et Pidoux lui reconnais-
sent également une vertu stupéfiante très-
manifeste, et c'est à cette vertu qu'ils attribuent la diminution de l'excitation fluxionnaire
du poumon, que l'on voit, dans les catarrhes
chroniques et dans la phthisie pulmonaire
commençante, succéder à l'usage de l'acide
sulfhydrique ou à celui des eaux sulfurées.
D'un autre côté, l'école italienne a rangé
l'acide sulfhydrique au nombre des hypos-
thénisants vasculo-cardiaques; et des travaux
recommandables dus à Herwig, de Berlin, et
au docteur Ferrand, de la Preste, établissent
que les sulfures alcalins et terreux, administrés
à l'intérieur, à doses modérées, *ralentissent*

la circulation et la respiration. MM. Gerdy et Lambron étaient arrivés à la même conclusion, en observant chacun de son côté les effets des eaux sulfurées d'*Uriage* et de *Luchon*. Après eux est venu M. le docteur Armieux, qui, dans un mémoire offert à la Société d'hydrologie de Paris, affirme, après de nombreuses recherches, que les eaux sulfurées de Barèges sont *sédatives de la circulation.*

En présence d'opinions aussi affirmatives, basées sur des faits bien observés, convaincu d'ailleurs par le résultat analogue de nos propres observations, nous nous refusons à attribuer, comme certains auteurs l'ont fait, à l'acide sulfhydrique libre ou aux sulfures alcalins ou terreux, l'accélération des mouvements du cœur et la fréquence et la plénitude du pouls, qu'on constate chez quelques malades soumis à l'usage des eaux sulfurées. Dejà MM. Trousseau et Pidoux avaient réagi contre cette opinion, qui leur avait paru si peu justifiée qu'ils ont posé la question de savoir si les crachements de sang, qui étaient généralement attribués à l'action excitante des eaux sulfurées, ne seraient pas dus plutôt à l'élévation des lieux où se prennent ordinairement ces eaux. Quelle que soit la valeur de cette objection, nous croyons fermement, sans contester les influences dues à l'altitude et à la thermalité, que l'acide sulfhydrique libre et les sulfures alcalins ou terreux, en vertu de leur action élective, exercent quand même des effets sédatifs plus ou moins marqués sur le système vasculo-cardiaque et sur la respiration. C'est pourquoi, à ce point de vue, nous considérons l'acide sulfhydrique libre de l'eau d'Enghien comme l'antagoniste ou le modérateur des effets excitants produits sur certains systèmes par les autres principes contenus dans cette eau.

Cela nous conduit naturellement à parler des inhalations sulfureuses.

Aussitôt que les appareils entrent en fonctions, il se forme dans les salles un brouillard qui devient bientôt assez épais pour qu'on ne puisse distinguer son voisin à un mètre et demi de distance ; ce brouillard est composé de l'eau minérale poudroyée et de l'acide sulfhydrique abandonné par elle au moment de la fragmentation. En se promenant au milieu de cet épais brouillard, en humant l'eau pulvérisée projetée par les petits appareils, dont ils approchent leur bouche grande ouverte, les malades introduisent dans leurs poumons cette poussière liquide et tout ce qu'elle contient. Là, l'action topique de l'eau minérale se produit d'abord ; puis, le tout étant absorbé et charrié par le sang artériel, chaque principe va, suivant son action élective, stimuler par ici, calmer par là, et produire ainsi son effet dynamique. Toutefois celui-ci doit être bien faible pour tous les principes minéralisateurs autres que l'acide sulfhydrique. Lui seul, en effet, par son activité et ses proportions, est en cette circonstance susceptible d'exercer une action dynamique sensible ; et, en effet, c'est à lui qu'il faut rapporter le ralentissement des battements du cœur et du pouls, le calme de la respiration, et, dans quelques circonstances, la céphalalgie et les syncopes qui ont été observées sur certains malades pendant les séances d'inhalation. C'est à l'action topique de l'eau pulvérisée, au contraire, que nous attribuons la gêne de la respiration que l'on éprouve en entrant dans ce brouillard ; puis, le sentiment de bien-être qui lui succède et qui est tel que certains malades l'expriment en disant : C'est comme un velours qui s'étend sur mes poumons ! Enfin, c'est encore à cette action topique que l'on doit les modifications qui se produisent dans la vitalité et la sécrétion de la muqueuse des bronches, du pharynx et du larynx.

· Déjà, dans le cours de ce chapitre, nous avons plusieurs fois fait pressentir que le mode d'administration de l'eau minérale pouvait modifier son action dans une certaine mesure. En effet, le degré de thermalité, le choc de la douche, le repos de l'eau du bain sont autant de conditions qui peuvent accroître ou atténuer les effets excitants de l'eau d'Enghien.

« Le calorique, dit Michel Lévy, qu'il ait pour véhicule l'air ou les liquides, surexcite l'organisme et accélère la circulation. » Qu'arrive-t-il en effet quand on se plonge dans un bain chaud, fût-il composé d'eau commune? Le sang afflue d'abord dans les vaisseaux périphériques, qui se gonflent; la peau s'injecte et se colore; les battements du cœur s'accélèrent; la respiration devient plus fréquente; la face s'anime et se couvre de sueur; et si l'excès de chaleur est assez grand et assez prolongé, il peut y avoir imminence de congestion cérébrale. — C'est ce que nous avons observé chez un Brésilien, qui, malgré les recommandations du baigneur et outre nos propres observations, avait à deux fois élevé démesurément la température de son bain. La douche chaude percutante agit dans le même sens, mais avec plus d'énergie. Aussi le bain chaud et la douche chaude exercent sur l'organisme une influence excitante. — Au contraire, le bain tiède produit des effets sédatifs. « L'influence de ce bain, dit Michel Lévy, est en quelque sorte négative ; il éteint l'éréthisme nerveux, il apaise la circulation, il détend la fibre musculaire, il restitue aux fonctions leur aisance et leur liberté, sans en accroître l'énergie. »

Donc, suivant que le bain sera chaud ou tiède, il accroîtra ou il atténuera l'effet excitant de l'eau minérale.

La douche à jet unique est toujours adjuvante de l'effet excitant; mais l'excitation qu'elle produit est d'autant plus grande et plus profonde que sa puissance de percussion est plus grande et qu'elle atteint les tissus situés plus profondément. Au contraire, quand la douche est composée de jets multiples et très-fins, son action est bornée au tégument externe, et l'excitation qu'elle y détermine peut être considérée comme une révulsion cutanée. Si la température de cette douche est tiède et si sa projection est faible, elle peut donner lieu à un effet sédatif comme le bain tiède.

Ce que nous venons de dire à propos des bains généraux et des douches générales, peut être appliqué aux effets des bains locaux et des douches locales.

L'amélioration ou la guérison des maladies traitées par l'eau d'Enghien, s'opère souvent sans donner lieu à d'autres phénomènes appréciables qu'à l'amendement pur et simple des symptômes morbides. Mais souvent aussi on observe dans le cours du traitement des signes d'excitation. Bien que celle-ci soit quelquefois la condition nécessaire de la guérison, elle demande cependant à être surveillée ; car elle pourrait dépasser certaines bornes et obliger alors à suspendre le traitement.

Pour résumer ce qui précède, nous appuyant sur les faits observés jusqu'à ce jour, nous concluons que l'eau sulfurée calcique d'Enghien est excitante de certains organes et sédative de quelques autres ;

Que son action sédative, qui est spécialement due à l'acide sulfhydrique et dont les effets sont d'autant moins sensibles que l'eau est moins sulfurée, s'exerce exclusivement sur la circulation et sur la respiration ;

Que son action excitante se porte tout à la fois sur les systèmes tégumentaire, muqueux et cutané, et sur les voies digestives et génito-urinaires ;

Que l'action excitante qui, dans certains

cas et pour des organes très-impressionnables
peut être quelquefois poussée jusqu'à l'irritation, est aussi susceptible d'être accrue ou
modérée par le mode d'emploi extérieur de
l'eau minérale et suivant que le degré de thermalité communiquée à celle-ci est supérieur
ou inférieur à 34° centigrades ;

Enfin, que ces actions habilement dirigées
et combinées avec les conditions de thermalité,
de percussion, de massage, etc., peuvent
donner lieu à diverses médications, par
exemple :

à la médication excitante,
à la médication sédative,
à la médication révulsive,
à la médication substitutive,
à la médication résolutive,
à la médication dépurative
(sudorifique, diurétique et
purgative).
à la médication tonique et
reconstituante.

Il découle de là une conclusion importante,
à savoir : Que les maladies aigues ne sont pas
tributaires de l'eau minérale d'Enghien, et
que celles-ci ne peuvent être appliquées qu'à
la cure des affections chroniques.

DES MALADIES

QUI SONT TRAITÉES AVEC SUCCÈS
DANS LES ÉTABLISSEMENTS DE BAINS D'ENGHIEN.

Parlons d'abord des diathèses et des maladies générales, et commençons par la plus redoutable de toutes, la *diathèse tuberculeuse*.

La phthisie pulmonaire, qui en est la manifestation la plus ordinaire, est traitée à Enghien avec un certain bénéfice ; nous voulons dire que le traitement sulfuré amène un temps d'arrêt dans cette terrible maladie, et nous ajouterons que, si le malade est assez sage pour ne pas s'exposer à de nouvelles rechutes, ce sommeil du mal, en se prolongeant, peut équivaloir à une guérison. Tous les médecins qui ont exercé auprès de l'Etablissement thermal d'Enghien sont en mesure de confirmer notre dire, car chacun d'eux a observé fréquemment de semblables résultats du traitement, et plusieurs en ont publié des cas fort remarquables.

(De Puysaie, L. C.)

Certaines conditions paraissent nécessaires à l'obtention du résultat que nous signalons.

Ainsi l'expérience a démontré que l'époque la plus favorable à l'administration de l'eau d'Enghien, est la deuxième période de la maladie, celle du ramollissement des tubercules, et que les phthisies, qui sont les plus faciles à arrêter dans leur marche, sont celles qui sont greffées sur le lymphatisme ou sur la scrofule. Cependant, depuis queles inhalations ont été appliquées au traitement des maladies des voies respiratoires, les médecins hésitent moins à conseiller la médication hydrosulfurée dans le premier degré de la phthisie pulmonaire. L'action sédative des inhalations sulfurées contribue, en effet, notablement à éloigner la tendance aux hémoptysies, accident qui est redoutable surtout dans le premier degré.

Un de nos honorables confrères, M. de Puysaie, déclare que les individus d'un tempérament nerveux, atteints de tubercules, ne doivent pas faire usage des eaux d'Enghien. Nous ne sommes pas aussi exclusifs ; car, depuis plusieurs années, nous avons eu à diriger ici des phthisiques à tempérament nerveux, éréthique, qui se sont bien trouvés de la médication sulfurée que nous leur avions prescrite.

En général, le traitement active les fonctions digestives et modifie la toux et l'expectoration. D'abord, l'appétit se réveille ; les digestions deviennent faciles et les malades reprennent des forces. Alors la toux se calme ; de sèche qu'elle était, elle devient humide ; et l'expectoration, rendue facile et de moins en moins épaisse, se tarit ou se borne à quelques mucosités sans importance comme caractère et comme quantité.

Cependant, dans le cours du traitement, on voit survenir quelquefois des signes de congestion pulmonaire ; chez certains malades, l'eau est mal tolérée ; alors elle cause de la pesanteur à l'épigastre et elle provoque des borborygmes et de la diarrhée ou de la constipation. Ces accidents peuvent dépendre de plusieurs causes, soit d'un défaut de tolérance particulier aux malades, soit d'une trop grande activité donnée au traitement. C'est alors au médecin qu'il convient de laisser juger le cas.

A ce propos, nous ne saurions trop recommander la prudence aux malades et les engager à se soumettre fréquemment à la surveillance de leur médecin, afin que, le cas échéant, il décide, après examen, si le traitement doit être continué ou modifié.

En somme, le traitement suivi à Enghien donne des résultats à peu près semblables à ceux que l'on obtient avec les eaux des Pyrénées. Ici, comme aux Pyrénées, il faut procéder avec beaucoup de réserve et savoir s'arrêter à temps ou marcher en avant, selon les circonstances. Sa durée est de trois semaines à un mois au plus. En général, il consiste dans l'usage intérieur de l'eau minérale à doses modérées ; pour certains cas, dans l'emploi également modéré des douches ou des bains, soit généraux, soit partiels, et dans les inhalations. Mais la quantité d'eau à boire par 24 heures, le nombre, la durée et la température des autres pratiques doivent être fixés pour chaque malade. Nous ne pouvons donc donner ici que des indications sommaires et générales et rappeler que, suivant les indications, on peut associer à la médication sulfurée divers autres agents de la thérapeutique, tels que l'huile de foie de morue et les préparations iodées.

Ce que nous avons dit à propos de la thérapeutique de la phthisie pulmonaire peut, en grande partie, être appliqué à celle de la phthisie laryngée.

DIATHÈSE SCROFULEUSE

A ce propos, nous distinguons deux états :
celui de scrofule non confirmée, qui n'est
autre chose que le lymphatisme plus ou moins
exagéré, et celui de scrofule confirmée, qui a
pour manifestations en rapport avec ses pé-
riodes plus ou moins avancées, des éruptions
superficielles de la peau et des muqueuses ;
des engorgements de ganglions lymphatiques,
du tissu cellulaire et des tissus ostéo-fibreux ;
enfin des suppurations profondes.

Contre ces états, affectant la marche chronique et exempts de symptômes fébriles, l'eau
minérale est administrée en boisson, en gargarismes, en bains, en lotions et en douches.
Ce traitement n'exclut pas l'usage des préparations iodurées et des amers, quand il est
jugé nécessaire ; il peut être également avec
avantage combiné avec l'hydrothérapie, dont
nous avons autrefois démontré l'efficacité dans
la cure des affections scrofuleuses (*Revue mé-*

dicale de Paris, numéro de juin 1848). La durée de la cure est toujours longue : elle réclame souvent plusieurs saisons. Sous son influence tonique et stimulante, on voit d'abord s'améliorer les fonctions générales, telles que la nutrition et les sécrétions ; puis les engorgements se dissiper ; les suppurations se modifier et se tarir ; enfin les caractères diathésiques de la scrofule s'effacer de plus en plus. Il nous serait facile de citer ici de nombreux exemples de guérisons d'ophtalmie et d'otite scrofuleuses, d'adénites suppurées, de tumeurs blanches et de carie de même nature.

Dans ses lettres à Réveillé-Parise, le docteur Rayer, ancien inspecteur des thermes d'Enghien, dit que « les eaux d'Enghien sont de puissants modificateurs des constitutions scrofuleuses ; » et quant aux engorgements anciens ou considérables, habituellement si rebelles à divers traitements, il ajoute « que souvent, à l'aide du traitement par l'eau d'Enghien, il a préparé la résolution de ces engorgements et qu'il a vu celle-ci s'opérer lentement à la suite des changements heureux apportés à la constitution par l'action des eaux minérales.»

Nous traitons à Enghien, également avec de grands bénéfices pour les malades, le coryza avec impétigo des fosses nasales ; l'écoulement

séro-purulent du conduit auditif externe ;
l'ophtalmie scrofuleuse ; les angines chroniques, si communes chez les enfants lymphatiques et qui s'accompagnent de gonflement
des amygdales et de surdité ; enfin les bron-
chites réitérées chez les enfants scrofuleux.

Il en est de même des engorgements du col
de l'utérus survenant chez les femmes scrofuleuses, et accompagnés de flueurs blanches
et d'érosions granuleuses.

Il est une conclusion de M. de Puysaie,
relative à la thérapeutique thermale de la
scrofule, que nous ne pouvons adopter ; elle
est ainsi conçue : « On doit se garder des
eaux sulfurées dans la période *initiale* et
aigüe de la scrofule. » Nous acceptons l'ex-
clusion pour la période aigüe, mais non pour
la période initiale, qui n'est pas toujours
accompagnée d'un état aigu. Si l'on se guidait
d'après cette conclusion, on éloignerait du
traitement sulfuré des malades qui en retirent
ordinairement de bons effets, par exemple,
tous ceux qui sont atteints de scrofulides primitives de la peau et des muqueuses, à forme
torpide, ou d'engorgements glanduleux in-
dolents.

DIATHÈSE HERPÉTIQUE

Celle-ci porte ses manifestations spécialement sur les membranes tégumentaires : les
muqueuses et la peau. L'expérience a démontré que l'eau d'Enghien est très-efficace dans
toutes celles de ces affections qui ont le caractère atonique.

Nous ne discuterons pas la question relative
à la spécificité des eaux sulfureuses dans ces
sortes de maladies. Ce ne serait pas ici le lieu.
Nous nous bornerons à constater que M. le
docteur Bazin, l'éminent dermatologiste, qui
leur refuse cette action spécifique, les recom-
mande néanmoins, et particulièrement celle
d'Enghien, à cause de leur efficacité reconnue
dans un grand nombre d'herpétides à forme
torpide. Quant à l'effet curatif obtenu, il l'attribue à l'action substitutive de l'eau sulfurée
calcique. Quoi qu'il en soit à cet égard, nous
considérons cette recommandation comme
une preuve suffisante de l'efficacité de notre
eau minérale dans les herpétides, et nous ne
nous étendrons pas davantage sur ce sujet,
sur lequel d'ailleurs nous reviendrons en par-
lant des affections catarrhales et des maladies
de la peau.

DIATHÈSE SYPHILITIQUE

L'eau sulfurée calcique d'Enghien n'exerce pas d'action spécifique contre la diathèse syphilitique : en cela elle ressemble aux eaux sulfurées sodiques, avec lesquelles elle a encore, à ce propos, d'autres points de ressemblance. En effet, comme elles, elle devient par son action reconstitutive un puissant auxiliaire des préparations mercurielles et iodurées ; elle combat efficacement les cachexies mercurielle et syphilitique ; et souvent, par les manifestations auxquelles elle donne naissance, elle révèle l'existence d'une syphilis constitutionnelle devenue latente. L'expérience de tous les jours nous autorise à lui appliquer les conclusions suivantes, extraites de la thèse de M. Blanc :

1° Le soufre, par son action dynamique excitante, remonte la constitution dans les cachexies syphilitiques et mercurielles ;

2° Par son action élective sur la peau, il dégage l'inconnu, rappelle les exanthèmes syphilitiques.

L'eau d'Enghien rend donc des services signalés dans les cas que nous venons de citer, et chaque année, pour le prouver, les observations ne nous font pas défaut. Le traitement consiste en boisson, en bains et en douches, auxquels on ajoute quelquefois les bains de vapeur. Il peut être poussé avec activité, si les forces du sujet le permettent. Nous n'associons jamais le mercure à la médication sulfureuse. Quand l'emploi des préparations mercurielles est indiqué, nous attendons pour le prescrire que le traitement sulfuré soit terminé.

DIATHÈSE RHUMATISMALE
OU ARTHRITIQUE

Le rhumatisme, sous ses diverses formes, a été rangé par les auteurs au nombre des maladies *à frigore*, c'est-à-dire au nombre de celles qui sont dues à l'impression du froid. Cependant, cette cause, si puissante qu'elle soit, serait incapable de produire la maladie, s'il n'existait préalablement à son action, chez le sujet frappé, une prédisposition originelle ou acquise, dont la caractéristique paraît être un excès d'acide urique dans le sang. Cela étant, il semblerait que les rhumatisants dussent toujours rechercher les eaux alcalines de préférence à celles d'Enghien : la raison chimique commanderait le choix des premières. Néanmoins, de tout temps les rhumatisants ont été nombreux à l'établissement thermal d'Enghien dont l'eau sulfurée calcique s'est toujours montrée très-efficace dans le traitement des diverses formes du rhumatisme

chronique. Ce fait est attesté de la manière
suivante par M. le docteur Desnos, auteur de
l'article : *Enghien, du nouveau Dictionnaire
de Médecine et de Chirurgie pratiques.* « Le
rhumatisme chronique sous toutes ses formes,
dans toutes ses localisations, à l'exception de
celles qui se font vers les séreuses du cœur,
les arthropathies rebelles qui peuvent en être
la conséquence aussi bien que de la scrofule,
fournissent aux eaux d'Enghien une source
d'applications heureuses. Un rôle important
est réservé dans ces affections à la balnéation
et aux douches. » En effet, durant chaque
saison, l'établissement est fréquenté par un
nombre considérable de rhumatisants qui
viennent y soulager leurs maux ou même s'en
débarrasser. Nous y en avons observé de
nombreux cas, appartenant à toutes les
formes et aux diverses localisations de la maladie, et nous avons été assez heureux pour
obtenir toujours, sinon des guérisons, du
moins des amendements tels qu'ils pouvaient
passer pour des équivalents. Ainsi, nous
avons fait cesser quelques rhumatismes
musculaires, qui n'ont pas eu de récidives
depuis plusieurs années ; nous avons fait disparaître des épanchements synoviaux qui,
jusque-là, avaient résisté à des traitements

rationnels; nous avons rendu l'exercice des mains, et dissipé les douleurs que causait le mouvement des doigts dans des cas de rhumatisme noueux (arthrite déformante), etc. Il se pourrait que la lithine contenue dans l'eau d'Enghien, fut en partie la cause de ce résultat heureux.

Le traitement de la diathèse rhumatismale est toujours long; il réclame souvent plusieurs saisons. Il consiste en boisson, en bains et en douches, que l'on associe ou que l'on emploie isolément suivant les circonstances. On y ajoute quelquefois des bains de vapeur ou quelques pratiques hydrothérapiques et le massage. En somme, ce traitement calme les douleurs locales et modifie l'état constitutionnel, en provoquant des sueurs ou des évacuations plus ou moins abondantes, soit par la vessie, soit par l'intestin; enfin, par son action reconstitutive, il modifie heureusement la cachexie rhumatismale.

MALADIES CHRONIQUES DE LA PEAU

(DERMATOSES.)

Depuis Alibert et Biet jusqu'à M. Bazin, tous les dermatologistes modernes ont recommandé l'usage des eaux d'Enghien contre diverses affections cutanées. Aussi le nombre est-il grand des malades atteints de dermatoses qui viennent à Enghien, chaque année, chercher le soulagement ou la guérison de leurs maux. Nous ne surprendrons personne en affirmant que le plus grand nombre d'entre eux s'en retourne satisfait. On trouvera des preuves de cela, non-seulement dans les écrits des praticiens d'Enghien, mais encore dans les traités de pathologie et de thérapeutique cutanée.

Si nous écartons de notre examen les dermatoses d'origine parasitaire, qui d'ordinaire n'ont pas recours à la thérapeutique thermale, il restera les maladies cutanées se rattachant à l'une des diathèses que nous avons passées

en revue, c'est-à-dire les dermatoses scrofuleuses, arthritiques, syphilitiques et herpé-
tiques. Or, pour chacune d'elles, le traitement
devra puiser ses indications générales dans la
greffe diathésique de la maladie cutanée. A
ce propos, pour éviter des répétitions, nous
renverrons le lecteur à l'article de chaque diathèse.

Toutefois, en dehors des considérations
relatives à leur origine diathésique, nous
dirons que les dermatoses qui sont traitées
le plus communément à Enghien sont : l'érythème induré, la couperose, l'eczéma humide,
l'eczéma impétigineux, l'impétigo, l'acné, le
strophulus, le lichen et l'érythème papuleux.
Mais que c'est surtout dans les dermatoses
exsudatives, comme l'eczéma et l'impétigo, à
forme torpide, que l'on obtient les succès les
plus éclatants et les plus constants.

« Mes observations sur les eaux d'Enghien,
dit le Dʳ Rayer, confirment encore en grande
partie ce qu'on a dit de leur efficacité dans les
maladies chroniques qui se manifestent à la
peau ; maladies généralement connues en
France sous le nom de dartres. »

Dans tous les cas, le traitement doit toujours être conduit avec beaucoup de prudence ;
il ne doit être appliqué qu'aux affections dé-

pourvues d'acuité, et il doit être activement surveillé, afin d'éviter le retour des accidents aigus, si faciles à éveiller. Il est toujours long; plusieurs saisons thermales sont souvent nécessaires. Il consiste le plus souvent en boisson, en bains, en lotions ou en douches de poussière hydro-minérale. On lui associe quelquefois un ou plusieurs des agents thérapeutiques appropriés à la nature de la diathèse, à laquelle se lie l'affection cutanée.

AFFECTIONS CATARRHALES

DES DIFFÉRENTES MEMBRANES MUQUEUSES.

Comme le rhumatisme, l'état catarrhal est rangé parmi les maladies à frigore ; néanmoins, l'impression du froid n'agit le plus souvent que comme cause déterminante, s'exerçant sur un sujet prédisposé aux affections catarrhales par la diathèse scrofuleuse ou par la diathèse herpétique : fréquemment même l'action du froid n'est pas nécessaire ; c'est le cas où l'affection catarrhale est consécutive à une maladie aiguë, telle que la rougeole ou la scarlatine, ou bien à la coqueluche. Au reste, quelle que soit l'origine du catarrhe, la cause qui l'a produit a procédé, dans la majorité des cas, en troublant ou en supprimant plus ou moins profondément les fonctions de la peau ; il s'en suit que les indications principales, qu'il faut alors remplir, sont de rétablir ces fonctions et de diminuer progressivement la sécrétion catarrhale.

On y parvient au moyen de l'usage intérieur de l'eau minérale, des douches ou des
bains sulfurés et, au besoin, des bains de
vapeur. Quant aux indications spéciales exi-
gées par la localisation du catarrhe, on y
satisfait, suivant le siége de celui-ci, par des
injections, des gargarismes, des douches locales d'eau pulvérisée, ou par des inhalations.
Ces divers moyens modifient plus ou moins
rapidement la vitalité des muqueuses et con-
courent puissamment à hâter l'amélioration
ou la guérison de l'affection catarrhale. L'efficacité de l'eau d'Enghien dans le traitement
de ces maladies a été constatée par tous les
médecins qui en ont fait l'application, et en
particulier par M. de Puysaie, qui n'hésite
pas à dire « qu'il ne connaît pas de meilleur
mode de traitement des affections catarrhales
rebelles; qu'il n'est pas de malade, qui, s'y
étant soumis, n'en ait éprouvé l'heureuse
influence. » (Loc. cit., page 291.)

Le professeur Rayer déclarait que l'eau
d'Enghien doit être classée au premier rang
pour son efficacité dans le traitement du catarrhe des voies aériennes ; il dit encore qu'il
a constaté sa grande efficacité dans le traitement du catarrhe de la vessie, indépendant
de la présence de corps étrangers, d'engorge-

ments de la prostate et de rétrécissements de l'urètre.

Nos propres observations confirment celles de nos honorables confrères. En effet, nous avons vu s'amender notablement ou guérir, suivant le temps consacré au traitement par l'eau d'Enghien : le catarrhe nasal (coryza), l'angine catarrhale (pharyngite granuleuse), la laryngite et la bronchite catarrhales, et le catarrhe intestinal lié à l'herpétisme.

Nous rappellerons encore ici que l'absence de l'état aigu est une condition essentielle de l'opportunité du traitement; et que s'il se manifestait, dans le cours de celui-ci, quelques retours de l'état aigu, il faudrait, suivant l'importance de ces derniers, suspendre ou modérer le traitement hydro-minéral. Autrement, lorsque le catarrhe n'est pas enté sur la diathèse tuberculeuse, on peut lui appliquer la médication sulfureuse à dose élevée.

La *coqueluche* est un catarrhe laryngo-bronchique. Quelques analogies, relatives au siège et aux symptômes, ont inspiré l'idée d'employer, pour la coqueluche, le traitement sulfuré qui réussit si bien dans les affections catarrhales des voies respiratoires. Le premier essai est dû au docteur de Puysaie, — le résultat a été satisfaisant. — Les enfants atteints de coqueluche sont en conséquence soumis aux inhalations et aux douches sulfurées. « C'est pendant les quintes qu'il faut de préférence mettre l'enfant atteint de coqueluche sous la douche administrée en jet plein sur la région dorsale et sur les côtés de la colonne vertébrale. Ordinairement, les crises sont moins longues, moins fatigantes, et ne reviennent qu'à des intervalles plus éloignés (Rotureau — L. cit.)

Les inflammations chroniques des organes de la voix et de la respiration, qui ne sont pas liées à l'un des états ci-dessus décrits sont également traitées avec succès à l'établissement thermal d'Enghien. Le traitement est dirigé à peu de chose près suivant les principes exposés plus haut.

MALADIES NERVEUSES

L'asthme essentiel, exempt d'emphysème des poumons, traité par l'eau d'Enghien, a donné de bons résultats. On lui oppose l'eau minérale en boisson, les inhalations sulfurées et les douches de la plus forte pression, administrées sur la partie postérieure du tronc et sur les épaules pendant l'accès. Celui-ci diminue d'intensité et cesse même souvent pendant que le malade est sous la douche.

L'asthme accompagné d'emphysème du poumon ne donne pas des résultats aussi complets. Néanmoins le traitement par l'eau d'Enghien n'est pas sans produire une heureuse influence. Durant la saison dernière, entre autres, nous avons obtenu, sur un habitant de Manchester, un soulagement si notable et si persistant que le malade, que nous avons rencontré à Nice, au mois de février dernier, nous en remerciait avec effusion et nous promettait de revenir à Enghien par reconnaissance.

Les malades atteints de *gastralgie* ou de *gastro-entéralgie*, éprouvent assez promptement des effets salutaires de l'usage de l'eau d'Enghien. L'action tonique et stimulante de cette eau, ranime les fonctions digestives, réveille l'appétit, fait cesser les douleurs qui accompagnaient les digestions, et reconstitue l'état général. Le traitement de ces malades consiste en boisson et en bains tièdes. Mais l'usage interne doit être très-modéré au début, autrement les douleurs gastralgiques pourraient s'exaspérer. Quand cela a lieu, on suspend le traitement interne pendant un ou deux jours, et ensuite on le reprend avec plus de modération.

La *névralgie sciatique* est, parmi les névroses localisées du mouvement, celle dans le traitement de laquelle l'eau d'Enghien a donné les meilleurs résultats. — Eau à l'intérieur; bains sulfureux; douches sulfureuses révulsives, c'est-à-dire administrées loin de la partie affectée.

Les *névralgies lombo ou sacro-abdominales* nous ont également donné de beaux exemples de guérisons par le traitement thermal d'Enghien.

Les *paralysies*, particulièrement les *hémi-*

plégies et les *paraplégies* d'origine syphilitique, trouvent dans le traitement thermal
d'Enghien un adjuvant très utile des autres
agents thérapeutiques appropriés.

*Névropathie; nervosisme; état nerveux;
maux de nerfs.* — Les nombreux états pathologiques, décrits sous ces dénominations, ont
fait depuis près de trente ans l'objet constant
de nos études et de nos méditations. Durant
ce long espace de temps nous avons soigné
un nombre considérable de malades atteints
de maux de nerfs. En 1852, nous avons
adressé à l'Académie de médecine de Paris
un travail important dans lequel nous avions
rassemblé les observations les plus intéressantes de notre longue pratique. Nous conti-
nuons tous les ans, à Enghien, à enregistrer
de nouveaux cas de guérison de ces pénibles
affections. Ce n'est pas cependant qu'Enghien
nous offre une spécialité d'action plus propice
qu'ailleurs; mais nous y trouvons le concours
le plus précieux dans la multiplicité et la
variété des ressources balnéaires, appartenant
à la médication sulfureuse ou à l'hydrothérapie, que renferme son riche établissement
thermal, et dont notre grande expérience nous
a permis de tirer le parti le plus avantageux.

Nous comprenons donc les maladies nerveuses, non mentales, dans le contingent des divers états pathologiques qui sont traités avec succès à Enghien, et, si les faibles proportions de ce petit livre ne s'y opposaient, nous rapporterions ici de nombreux exemples de guérisons obtenues par les traitements que nous avons dirigés.

La *chlorose* et l'*anémie* ont été soignées avec succès à Enghien par l'eau sulfurée. Il est facile au reste de comprendre combien l'action reconstituante de cette eau minérale peut être utile dans ces deux maladies. Néanmoins nous croyons que son efficacité est moins certaine que celle de l'hydrothérapie associée aux ferrugineux. Mais, comme il peut se rencontrer de tels cas où les autres moyens seraient contre-indiqués, nous prévenons nos lecteurs que le traitement d'Enghien a déjà donné des preuves de son efficacité contre la chlorose et l'anémie, afin que, le cas échéant, on puisse y recourir.

MALADIES DE LA MATRICE

A l'article *Diathèse scrofuleuse,* nous
avons déjà parlé de la guérison, par le traitement thermal d'Enghien, des engorgements
chroniques du col de l'utérus, accompagnés
de flueurs blanches et d'érosions granuleuses,
survenant chez des femmes scrofuleuses ou
seulement lymphatiques. Nous pourrions
encore citer la guérison, par le même agent,
de la même maladie, liée à la diathèse herpétique. A plus forte raison, nous pouvons
affirmer la possibilité de guérir par le traitement d'Enghien des congestions et des engorgements chroniques du corps et du col de la
matrice, avec ou sans ulcérations, indépen-
dants de toute liaison diathésique, et sur-
venus, par exemple, à la suite de couches.

Nous avons vu céder au même traitement
des troubles de la menstruation et des sup-
pressions de règles datant de cinq à six mois.

Les bains sulfureux, mitigés et prolongés,
mais surtout des douches révulsives, admi-
nistrés sur les membres inférieurs et sur le
thorax, et associés aux médications topiques
appropriées, sont les moyens sur le succès
desquels le médecin doit le plus compter.

MAL VERTÉBRAL DE POTT.

Cette maladie, qui compromet souvent la vie des patients et qui a toujours pour résultat une déformation plus ou moins vicieuse de la taille, est le plus fréquemment liée à la diathèse scrofuleuse ou à la diathèse tuberculeuse. D'après ce que nous avons dit de l'efficacité de l'eau d'Enghien dans le traitement de ces diathèses, on admettra sans peine que cette efficacité doit exister également pour le mal de Pott.

Mais, dans ce cas, le traitement est très-long; il réclame en outre, comme condition générale, *le repos absolu et prolongé* de la partie du tronc qui est affectée. Comment concilier cette condition avec l'usage des moyens de balnéation qui sont indiqués à certaine période de la maladie? Il faudrait se priver de cette ressource, si nous n'avions personnellement rendu cette conciliation possible. En 1857, nous avons adressé à la Société de Chirurgie de Paris un mémoire dans lequel, après avoir démontré les bons effets de l'immobilité prolongée dans le traitement du mal de Pott, nous avons donné la description d'un appareil inventé par nous afin de réaliser cette condition dans les meilleurs termes et de la dégager des inconvénients qui lui avaient été reprochés jusque-là. En effet, notre appareil, dont un modèle est déposé dans les archives de la Société de Chirurgie, assure de la façon la plus absolue l'immobilité du tronc, en même temps qu'il permet aisément de transporter les malades d'un lieu à un autre. Avec lui, on peut facilement, même à de grandes distances, porter les pauvres patients dans le cabinet de bains et les déposer sur un fond sanglé, fixé horizontalement au dedans de la baignoire, sans avoir causé le moindre trouble au repos prescrit.

Depuis longtemps, notre invention, adoptée d'ailleurs par des chirurgiens du plus grand mérite, a rendu de nombreux et de grands services aux malades et à leurs familles; il faut ajouter au nombre de ces services celui d'avoir permis que ces malades missent à profit l'efficacité de l'eau d'Enghien. Auparavant, cela n'était pas possible, ou, si l'on tentait de le faire, on était forcé d'abandonner pendant quelque temps l'immobilité absolue, condition si nécessaire à la guérison. Les malades tournaient alors dans un cercle vicieux que, pour leur plus grand avantage, nous sommes heureux d'avoir pu faire cesser.

Les jeunes malades atteints de coxalgie peuvent retirer des avantages analogues du même appareil.

Le rachitisme, la cachexie paludéenne, les débilités générales, originelles ou consécutives à de longues maladies, la faiblesse de la voix, résultant de la fatigue de l'organe, trouvent encore dans l'action tonique et stimulante de l'eau d'Enghien un remède salutaire ou un adjuvant efficace d'autres médications.

Enfin, nous traitons avec succès les maladies de l'oreille et les surdités catarrhales, contre lesquelles nous faisons une application combinée de l'eau d'Enghien, sous toutes les formes, et des moyens médicaux ou chirurgicaux de la thérapeutique spéciale.

DES RÈGLES & DES PRÉCAUTIONS

QUE L'ON DOIT OBSERVER PENDANT LES CURES
HYDROMINÉRALES SUIVIES A ENGHIEN

Usage intérieur de l'Eau minérale. — Suivant les maladies pour lesquelles on se traite, on boit l'eau minérale depuis un jusqu'à cinq et six verres par jour : chaque verre contenant environ 200 grammes.

Pour les maladies des voies respiratoires, il faut être très-modéré, surtout au début : commencer par un demi-verre et ne pas aller au-delà de trois verres, dose que beaucoup de malades ne doivent pas atteindre.

Pour les maladies de la peau, pour le rhumatisme ou la scrofule, le maximum est de cinq à six verres par jour. On commence par un verre, et, lorsque l'on est assuré que l'eau passé sans occasionner de nausées ou de vomissements, on augmente graduellement la dose jusqu'à la limite prescrite.

Après avoir bu un demi-verre ou un verre, il faut toujours laisser écouler 20 ou 30 minutes avant de boire le suivant.

On boit l'eau le matin à jeun, ou partie le matin à jeun, et l'autre partie dans la journée, quatre heures environ après avoir déjeuné. Il faut aussi laisser écouler trente minutes entre le dernier verre bu et le repas.

On peut mêler l'eau minérale avec du lait de vache ou de chèvre, ou avec des sirops, pourvu que ceux-ci ne soient pas acides. Chez les gens atteints d'aigreurs, ou de dyspepsie acide, nous nous sommes bien trouvé de suivre l'avis du Dr. Lambron, qui conseille dans ce cas de couper l'eau sulfureuse avec de l'eau de Vichy, ou d'y ajouter du bicarbonate de soude. Lorsque la fraîcheur de l'eau minérale incommode les malades, on peut aisément élever sa température en chauffant convenablement le lait ou les sirops destinés à la couper.

Il est recommandé de ne pas cesser brusquement l'usage intérieur de l'eau d'Enghien, et d'en diminuer progressivement la dose avant de cesser le traitement.

Nous avons déjà dit plus haut que dans le cours du traitement des maladies des organes de la voix ou de la respiration, il se manifeste

quelquefois des symptômes d'exacerbation.
Nous rappelons ici à ce propos que cet évè-
nement ne doit ni effrayer, ni décourager les
malades. Cette légère exacerbation est souvent
un bien. On ne doit pas pour cela cesser de
boire de l'eau ; cependant il est bon de faire
surveiller le cas par un médecin.

Usage extérieur. — *Bains.* — Nous conseillons en thèse générale de ne prendre ni
bain ni douche immédiatement après un exercice violent ; et, après le bain ou la douche,
de faire de l'exercice pendant 20 ou 30 minutes, le corps étant d'ailleurs suffisamment
couvert pour éviter les refroidissements. Les
malades qui, pour cause d'infirmités ou de
faiblesse, ne pourront se livrer à l'exercice
actif, se mettront au lit pendant une heure
environ. En sortant du bain, il faut se faire
frictionner activement sur tout le corps. Durant les frictions exercées sur les jambes et
sur les cuisses, la pression doit toujours être
opérée de bas en haut et non de haut en bas,
comme le font le plus souvent les gens de
service. Cette recommandation applicable à
tout le monde, l'est surtout à l'égard des personnes qui portent des varices.

Nous blâmons les personnes qui, au sortir

du bain ou de la douche, vont se mettre en
wagon de chemin de fer. En agissant ainsi,
elles compromettent leur santé et le succès de
leur traitement.

La température des bains varie le plus ordinairement entre 32° et 34° centigrades ; il
serait imprudent d'en prendre au-dessus ou
au-dessous de ces limites, sans avoir préalablement pris l'avis d'un médecin. La durée
des bains est généralement en rapport avec
le degré de température de celui-ci. L'une et
l'autre conditions sont, d'ailleurs fixées, par le
médecin qui, pour cela, se base sur les indications fournies, d'une part, par la maladie,
et d'autre part par le degré de forces du malade. Du reste, il est toujours bon au début,
de prendre des bains courts et d'allonger leur
durée progressivement. A cet égard les limites sont très-variables. Cependant nous pouvons dire qu'elles sont comprises à peu près
entre 20 et 50 minutes.

Dans l'immense majorité des cas, on ne
prend qu'un bain par jour ; mais, de même
que certains malades ne peuvent se baigner
tous les jours, d'autres pourraient prendre
deux bains en 24 heures. Toutefois nous conseillons de ne pas le faire sans avis préalable
d'un médecin. Nous avons dit que souvent

après un certain nombre de bains, il survient une période d'excitation dont le degré est quelquefois assez élevé pour exiger une sus-pension momentanée du traitement : ce résul-tat arriverait d'autant plus sûrement qu'on aurait trop multiplié le nombre des bains, trop élevé le degré de température ou trop allongé la durée de ceux-ci.

Les bains minéraux d'Enghien, à l'exception de ceux que l'on chauffe à la vapeur, sont toujours mélangés avec de l'eau commune chaude. Nous avons fait connaître les motifs de ce mélange. Les proportions dans lesquel-les il s'opère, varient en raison du degré d'at-ténuation que l'on veut donner à la sulfuration du bain ; suivant les cas, l'eau sulfurée est coupée avec la moitié, le tiers ou le quart de son volume d'eau commune.

Une saison thermale se compose en moyenne de vingt à vingt et un bains. On peut faire deux saisons thermales dans une même année.

Les bains partiels sont généralement admi-nistrés pour provoquer une révulsion. On les prend à une température plus élevée que les bains généraux (de 43° à 44° cent.); ils sont aussi plus courts que ceux-ci : leur durée est de 5 à 8 minutes. Afin d'éviter les refroi-dissements, il faut, en les cessant, essuyer et frictionner avec soin les parties qui ont été plongées dans l'eau.

Douches. — Pour éviter des répétitions, nous dirons ici que les observations qui précèdent, relatives au nombre quotidien et à la température des bains, sont applicables à l'usage des douches. Quant à la durée de celles-ci, elle varie entre trois et douze minutes, au maximum.

Quand on doit prendre successivement un bain et une douche, nous conseillons, pour les raisons que nous avons indiquées plus haut (page 38), de prendre d'abord la douche, puis le bain. En faisant le contraire, on se prive du bienfait de l'inhalation sulfureuse qui aurait lieu pendant le bain, pris après la douche, et d'ailleurs on peut prendre froid, comme l'a fait remarquer le Dr Bertrand.

Pendant que l'on est sous la douche, il faut observer les règles suivantes :

Si la douche n'enveloppe pas entièrement le corps, il faut rapidement et successivement, par des mouvements appropriés, présenter les différentes parties du corps à son action.

Si elle est à jet unique, percutant, il faut mettre dans le relâchement musculaire, par des attitudes convenables, les parties du corps qui sont successivement offertes à son action :

par exemple, quand la jambe droite est dou-
chée, il faut s'appuyer sur la jambe gauche et
laisser la première pendre en quelque sorte
dans une légère flexion, *et vice versa.*

Pour aider à l'action de la douche sur la
circulation capillaire, il est bon que le douché
se frictionne, pendant sa durée, les parties
supérieures du corps. La petite douche, de
moindre pression, improprement appelée
douche du larynx, et que nous désignerons
sous le nom de douche cervicale, se prend
durant le bain. Le malade se l'administre lui-
même, en promenant le jet d'eau sulfurée sur
les parties antérieures et latérales du cou.

Sans entrer dans les détails préalables à
l'administration des douches vaginales et des
douches anales et rectales, détails que tout le
monde connaît, et qu'au besoin les gens de
service peuvent très-bien indiquer, nous dirons que les premières doivent être prises
dans la position horizontale ; c'est pourquoi
nous avons fait construire un lit de camp
approprié à cet usage ; et que, pour les unes
et pour les autres, il ne faut donner issue à
l'eau de la douche qu'avec une extrême réserve, afin d'éviter que le choc en soit brusque
et douloureux. Aussi nous conseillons aux
malades d'ouvrir eux-mêmes le robinet qu

met la douche en action ; ils sauront bien mieux que les gens de service donner à l'eau l'impulsion qui leur convient.

Des précautions analogues doivent être prises pour les douches nasales et buccales, quand elles sont à jet unique. Dans ce cas, il faut éviter que le jet frappe le voile du palais, car alors il cause des envies de vomir : il s'en suit encore que cette douche ne doit pas être prise trop près du dernier repas. Quant à la douche nasale, il est nécessaire que l'impulsion de l'eau soit assez forte pour la faire sortir par la narine opposée à celle par laquelle elle est entrée. A cet effet, le malade doit diriger le jet presque horizontalement et éviter qu'il ne frappe violemment la partie supérieure des fosses nasales.

Lorsqu'on prend une douche pharyngienne avec l'eau poudroyée par les petits appareils fixés à l'une des parois des salles d'inhalation, il ne suffit pas d'ouvrir la bouche et de diriger la douche au fond de cette cavité, il faut encore abaisser la base de la langue, afin que la poussière liquide puisse pénétrer plus profondément et atteindre la paroi postérieure du pharynx.

Inhalations. — En entrant dans la salle, on éprouve tout d'abord une faible gêne de la respiration ; il semble que la poitrine refuse de se dilater ; mais, après quelques secondes, les organes s'habituent à l'impression de cet air humide et mêlé de gaz sulfhydrique, et la respiration reprend son rhythme habituel. Au début, il convient donc, pour ne pas heurter la susceptibilité des organes, de faire de petites aspirations. Une fois habitué à cette atmosphère, c'est-à-dire après un ou deux tours exécutés autour de la table elliptique, le malade ira s'asseoir en face de l'un des petits appareils pulvérisateurs, dont il approchera sa bouche, largement ouverte, et il aspirera le nuage d'eau minérale qui s'en échappe. Pour bien faire pénétrer cette brume dans l'intérieur de la poitrine, il faut avoir soin d'abaisser la base de la langue en respirant, comme nous l'avons déjà recommandé pour les douches pharyngiennes. Quand on a humé pendant cinq à six minutes la poussière liquide, on se lève et on fait quelques tours dans la salle, puis on revient s'asseoir à la première place pour humer de nouveau le nuage sortant du petit appareil. On entremêle ainsi deux modes d'aspiration, dans l'un desquels, celui qui se fait en circulant dans la salle, le mélange d'acide sulfhydrique avec l'air est plus faible que dans l'autre.

On répète trois ou quatre fois le même exercice, suivant la durée prescrite pour l'inhalation, puis on quitte la salle. Nous recommandons aux malades, qui sortent de la salle d'inhalation, de rester pendant quelque temps, de dix à quinze minutes, dans le grand salon intérieur avant de se rendre au dehors. Ce court séjour empêchera qu'il y ait une transition trop brusque dans le passage de la salle d'inhalation à l'air extérieur.

Il arrive quelquefois que certains malades éprouvent, pendant leur séjour dans la salle d'inhalation, un peu de céphalalgie temporale ; dans ce cas, il faut cesser l'inhalation et se rendre immédiatement au dehors pour respirer l'air extérieur. Mais ces cas sont extrêmement rares ; ils ne se présentent d'ailleurs qu'au début des inhalations, et l'accoutumance empêche leur retour.

Pendant leur séjour dans la salle, les malades ont la tête couverte d'un bonnet de caoutchouc et le corps enveloppé d'un manteau de même nature pour éviter l'humidité.

HYGIÈNE

Le Régime Alimentaire doit varier non-seulement avec la nature de la maladie, mais encore avec les individualités. Nous ne pouvons donc rien préciser à cet égard. Nous nous bornerons, en ce qui concerne cette question, à recommander la sobriété et l'abstinence des aliments difficiles à digérer, par exemple : la pâtisserie, les féculents, les crudités et les fruits acides.

Manger à des heures fixées, toujours les mêmes ; faire de l'exercice sans se fatiguer, en consultant ses forces ; se couvrir plus le matin et le soir que dans le milieu du jour ; au reste, porter des vêtements en rapport avec la température extérieure et le degré de résistance au refroidissement que l'on possède ; se coucher plus ou moins tôt, suivant le degré de faiblesse amené par la maladie et le besoin de sommeil ; mettre de côté toute préoccupation d'affaires ; être continent ; voilà les conditions hygiéniques qui secondent le traitement hydro-minéral et contribuent à son succès.

CLIMAT D'ENGHIEN

Les avis sont partagés sur les qualités du climat d'Enghien. Nous nous empressons de dire que c'est à tort. Les uns, habitants ou habitués de cette localité trouvent que son climat est excellent; et, pour prouver qu'ils ont raison, ils citent les nombreux cas de longévité que l'on y compte et la bonne santé habituelle des indigènes. Les autres, rejetant ces preuves, et s'appuyant sur des idées préconçues, ou opinant d'après les ouï-dire, accusent Enghien d'être humide. Si on demande à ceux-ci sur quoi ils fondent une semblable opinion, ils indiquent le lac ou la position d'Enghien qui, selon eux, est situé dans la vallée de Montmorency; ou encore ils offrent comme preuve l'impression que l'on éprouve lorsqu'on arrive à Enghien, après être descendu du sommet de Montmorency : on trouve, disent-ils, l'air d'Enghien plus lourd que celui que l'on quitte. — Ils en concluent qu'il est plus humide que celui-ci.

Dans un précédent écrit nous avons démontré que, dans tous ces dires, il n'y a rien de sérieux, encore moins rien de scientifique ; que ces prétendues preuves, avancées par les détracteurs, quelquefois inconscients, du climat d'Enghien, ne sont constituées que par une fausse interprétation des faits, par une allégation erronnée, et par une confusion de sensations ! Ainsi, nous avons affirmé, à la suite de nombreuses observations hygrométriques, que l'air des bords du lac d'Enghien renferme moins d'humidité que celui des bords de la Seine, où cependant existent des maisons de luxe, habitées par des gens fortunés, aussi soucieux que qui que ce soit de leur propre santé, et qui ne se sentent pas mal du voisinage de l'eau ; nous avons rappelé que la véritable vallée de Montmorency s'étend d'un autre côté, entre Montmorency d'une part, et Andilly et Montmagny de l'autre ; qu'Enghien bâti entièrement sur le versant méridional du coteau de Montmorency, s'élève, en face et au-dessus de la plaine qui se continue au-delà de Gennevilliers ; que loin d'être enserré entre des montagnes, il est complétement découvert du côté de l'est, du sud sudest, du sud et de l'ouest ; qu'il est garanti cependant des vents froids par la série de co-

teaux qui, du nord-est au nord-ouest, c'est-à-
dire de Villetaneuse, Montmagny, les Cham-
peaux et Monlignon, s'étendent jusqu'à Bil-
lancourt.

Si nous ajoutons à cela, d'une part, que le
sol d'Enghien est si bien perméable qu'à sa
surface, même dans les parties de l'ancien
parc, situées à trois mètres au moins au-dessous du niveau supérieur du lac, on ne rencontre aucune des plantes qui végétent dans
les terrains humides ; et d'autre part, que la
luxuriante végétation qui le couvre revivifie
incessamment l'air, nous aurons fourni les
preuves scientifiques attestant que cette localité est moins humide que certaines autres,
qui ne sont pas très-éloignées d'elle, et que
son atmosphère est d'une grande pureté.

Quant à l'impression ressentie par les promeneurs descendant du côté septentrional
de Montmorency à Enghien, nous pouvons
très-bien en donner l'explication. Cette partie
du coteau de Montmorency est fréquemment
agitée par les vents de l'est et du nord : vents
secs et froids. L'air qu'on y respire, est plus
froid et plus vif, suivant l'expression consacrée, que celui de la plaine. Cette différence
de température entre l'air d'en haut et celui
d'en bas peut très-bien être perçue par les

promeneurs — mais elle ne peut être invoquée
comme une preuve que l'air de la plaine est
plus ou moins saturé d'humidité : — elle
n'accuse en lui qu'une température un peu
plus élevée que celle de l'air du coteau. Or,
cette différence de température est un avantage pour le climat d'Enghien ; car tel malade,
qui s'y trouve bien, ne se plairait pas autant
sur les coteaux de Montmorency ; il n'y
trouverait ni cette tiédeur de l'air, ni la même
modération de ventilation. C'est ce que le
savant Fourcroy affirmait en disant : « Les
effets salutaires ou thérapeutiques des eaux
sulfureuses d'Enghien seront merveilleuse-
ment secondés par les influences physiques
de ce pays. »

Au reste il nous est encore facile de ren-
verser par des faits, ces imputations lancées
à la légère. Il est à Enghien une coutume
généralement adoptée par tous ceux qui en
ont la facilité, c'est-à-dire, qui ont des jardins,
soit loin du lac, soit sur les bords ; c'est de
diner au dehors, en quelque sorte *sous la
ramée*. On y mange à l'aise, légèrement vêtu.
Eh bien ! si ce climat était si humide, si ce
lac était si malsain, que de refroidissements,
que de fièvres paludéennes n'aurions-nous
pas à combattre, avec une semblable habi-

tude si universellement et si quotidiennement pratiquée. Or, nous mettons au défi qui que ce soit de nous citer seulement un ou deux cas de maladie par saison que l'on puisse raisonnablement attribuer à cette cause.

Une fois pour toutes, qu'on sache donc bien que l'accusation d'humidité portée contre le climat d'Enghien n'est qu'un préjugé, exploité autrefois dans le but d'anéantir Enghien par les *croisés*, dont parle M. Chevalier fils, dans un écrit sur les eaux d'Enghien. Le savant chimiste y dit, en effet, qu'il y eut, au temps de Péligot, contre ces eaux une *croisade* qui n'avait rien d'honorable pour les *croisés*. La croisade est oubliée; mais le préjugé, inventé et propagé par elle, est resté.

OUVRAGES

DU

Dʳ GILLEBERT-DHERCOURT

Observations sur l'hydrothérapie, broch. in-8°. — Paris, 1845; J.-B. Baillière.

Origine et réalité de la méthode hydrothérapique.

Du traitement hydriatique des affections scrofuleuses.
Ces deux mémoires, présentés à l'Académie de médecine en 1848, ont été l'objet d'un rapport favorable dans la séance du 30 septembre 1851 (*Revue médicale* de Parıs).

De l'hydrothérapie dans les maladies chirurgicales (extrait de la *Gazette médicale* de Paris, 1842).

Mémoire sur la sudation, 1852 (extrait de la *Gazette médicale* de Lyon).

Recherches pour servir à l'histoire de la sueur, 1853. Mémoire présenté à la Société de médecine de Paris, et publié par la *Revue médicale* de Paris et par la *Gazette médicale* de Lyon.

De l'hydrothérapie dans le traitement de la surexcitabilité nerveuse. Mémoire présenté à l'Académie impériale de médecine de Paris, qui adopta, dans la séance du 20 novembre 1855, les conclusions de la commission ainsi conçues : « Adresser des remerciments à M. le docteur Gillebert-Dhercourt;

2º renvoyer son mémoire au comité de publication, comme un document précieux pour la thérapeutique. » Ce travail est honorablement cité par plusieurs auteurs, notamment par M. le docteur Bouchut, qui lui a emprunté plusieurs observations et de nombreux passages, qu'il a insérés dans son *Traité du nervosisme*.

Des effets physiologiques déterminés par l'application extérieure de l'eau froide, broch. in-8º, 1857.

L'article Hydrothérapie du Dictionnaire général des eaux minérales et d'hydrologie médicale. « Nous avons eu recours, disent les auteurs de ce dictionnaire, pour la rédaction de l'article *Hydrothérapie* à l'expérience très-autorisée de M. le docteur Gillebert-Dhercourt; cet article donne, outre l'exposition raisonnée des procédés hydrothérapiques, une étude très-complète de l'hydrothérapie, au point de vue physiologique et pratique. »

Des principes et des effets de l'Hydrothérapie, extrait des annales de la Société d'hydrologie médicale de Paris. — 1870, in-8º.

Observation de Goître exophtalmique, guéri par l'hydrothérapie, lue au congrès médico-chirurgical de Rouen. 1863. — In-8º.

Remarques sur les bains de vapeur thérébenthinés (extrait du *Bulletin de thérapeutique*, 1855).

Etudes sur le mode d'action des pessaires, in-8º, 1854.

De la curabilité des luxations coxo-fémorales congénitales. Deux mémoires. B. in-8º, 1865.

De l'immobilité prolongée et du redressement lent et gradué de l'incurvation vertébrale dans le traitement de la maladie de Pott, broch. in-8º, 1857.

De ces trois mémoires, le premier fut adressé à la Société de médecine de Paris, et les deux autres à la Société impériale de chirurgie, où ils ont été l'objet de rapports favorables.

Etudes antropologiques sur 76 indigènes de l'Afriqu française. — Ce mémoire a obtenu le prix Godard à la Société d'anthropologie en 1865.

De l'utilité des observations météorologiques en médecine, 1865.

Plan d'études simultanées de nosologie et de météorologie, ayant pour but de rechercher le rôle des agents cosmiques dans la production des maladies chez l'homme et chez les animaux, adressé à M. le Ministre de l'agriculture, du commerce et des travaux publics, 1867.

Recherches sur la présence du sel marin dans l'atmosphère maritime. — Mémoire lu à l'Académie impériale de médecine de Paris, 1866.

Le Climat des Stations hivernales des Alpes maritimes (extrait des bulletins de la Société de médecine de Paris. 1871, in-8°.

TABLE DES MATIÈRES

Vichy, imprimerie WALLON.

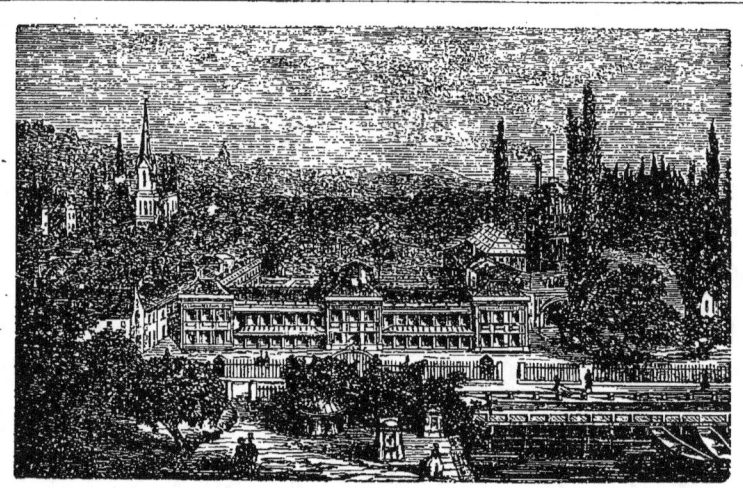

GRAND ÉTABLISSEMENT THERMAL D'ENGHIEN.